DREAMBOOKS

DREAMBOOKS

정령사 헌터 성공기

5

양인산 현대판타지 장편소설

MODERN FANTASY STORY & ADVENTURE

dream books
드림북스

정령사 헌터 성공기 5

초판 1쇄 인쇄 2015년 8월 17일
초판 1쇄 발행 2015년 8월 24일

지은이 양인산
발행인 오영배
책임편집 편집부
표지 · 본문 디자인 권지연
일러스트 신상원
제작 조하늬

펴낸 곳 (주)삼양출판사 · 드림북스
주소 서울시 강북구 도봉로 173
대표 전화 02-980-2112 **팩스** 02-983-0660
출판등록 1999년 3월 11일 제9-00046호

ISBN 979-11-313-0344-3 (04810) / 979-11-313-0339-9 (세트)

+ 이 도서의 국립중앙도서관 출판시도서목록(CIP)은 서지정보유통지원시스템홈페이지(http://seoji.nl.go.kr)와 국가자료공동목록시스템(http://www.nl.go.kr/kolisnet)에서 이용하실 수 있습니다. (CIP제어번호: 2015021803)

정령사
헌터 성공기
5
양인산 현대판타지 장편소설
MODERN FANTASY STORY & ADVENTURE
dream books
드림북스

정령사 헌터 성공기

목차

Chapter 01
중급 헌터

이름: 박재현 성별: 남

나이: 26 등급: 중급 헌터

헌터 등록 번호: 035-96911477

-위 인물은 헌터 등록 심사를 통과하였으며 몬스터 출현 지역을 출입할 수 있는 권한을 부여했습니다. 군·경 관계자는 본 헌터의 요청 시 아낌없는 지원 바랍니다.

재현은 헌터 양성소에서 중급 헌터증을 발급받았다.

이제 재현은 초급 헌터가 아닌 중급 헌터. 헌터계에서 나름대로 인정해 주는 등급을 받은 것이다.

참고로 중급 헌터 심사의 마지막은 의뢰로, 가장 난이도가 높다고 한다.

이유를 들자면 초급 헌터들이 C급의 몬스터를 잡은 경우는 거의 없기 때문이다.

늘 잡던 것과 달리 생소한 몬스터들을 잡는 것이니 당연히 어려울 수밖에 없었다.

재현의 경우 운이 좋게도 일전에 잡아 본 적이 있는 마운틴 덕을 잡아 어렵지 않게 중급 헌터가 될 수 있었다.

중급 헌터에서 떨어지는 경우가 대부분 마지막 심사에서라고 한다.

현실에서 직접 C급 몬스터들을 사냥함으로써 판가름을 하는 것이다.

C급 몬스터들은 그 이하의 몬스터들과 확연히 다르다는 것이 문제다. 대부분의 몬스터가 속성에 대한 내성이 있고, 심지어 죽는 이들까지 발생할 정도라고 하니 얼마나 어려운지 말은 다한 셈이다.

다행히도 이번 심사에서 사망자는 나오지 않았지만, 중상을 입은 자들이 나왔다고 한다.

환영으로 심사를 보던 예전과 달리 지금은 훈련 프로그램을 사용해 합격자를 선별하니 사망자가 나오지 않은 것이다.

이 정도만 해도 헌터계에서는 큰 성과라고 당당히 말할 수 있다.

"신분이 확인되었습니다. 통과하셔도 됩니다."

재현은 경찰이 관리하는 몬스터 출몰 구역에 도착했다. 이번에 도착한 곳은 중급 헌터부터 출입이 가능한 몬스터 구역이다.

그가 출입한 곳은 춘천의 유령도시다. 초기 몬스터의 습격 이후 아직까지 수복하지 못한 곳이기도 했다.

이십 년 동안 관리가 되지 않아 빌딩이나 가로등은 덤불이 달라붙어 위로 쭉 뻗어져 있었다.

아스팔트를 뚫고 풀들이 자라 올라오고 있었다. 이미 전기도, 수도도, 교통도 끊긴 곳. 지금은 헌터들만 출입하는 곳이다.

"으스스한 곳이야."

운다인의 말에 재현은 공감한다는 듯 고개를 주억였다. 도시긴 도시인데 사람 하나 없는 곳이라니.

간간이 사람을 마주쳐도 재현과 같은 헌터들이다.

언제 무너질지 모르는 건물들이 즐비하게 늘어져 있고 길거리는 한산하기 그지없다.

과거에는 많은 사람들이 지나다니며 웃고, 놀고, 출근하고, 등교하고, 장 보러 다녔을 거리지만 지금은 단순히 사람들이 살았던 유적과 같은 곳이 되었다.

대한민국뿐만 아니라 중국이나 일본에도 여러 곳에 몬스터들이 점령한 유령도시가 있었다.

재현은 빌딩 안으로 들어가 보았다.

유리문은 관리가 안 되어서 그런 것인지, 몬스터들로 인한 것인지 깨져 있었다.

들어가는 건 그리 어렵지 않았다.

빌딩 안으로 들어가 방문을 여니 구형 컴퓨터나 서랍이 바닥에 나뒹굴고 있었다.

몬스터들이 잠깐 왔다 갔던 모양인지 몬스터의 털들도 어렵지 않게 볼 수 있었다.

재현은 층마다 이리저리 둘러보며 계단을 올라갔다.

전기가 끊어져 당연히 엘리베이터는 작동하지 않았다. 그렇게 한참을 오르니 어느새 빌딩 옥상까지 도달했다.

이 빌딩은 몬스터가 없었다.

차라리 옥상 위에서 확인하자고 생각했다.

그리 높은 빌딩에 온 건 아닌데 주위가 한눈에 보였다.

재현은 망원경으로 이리저리 둘러보다가 몬스터들을 포착했다.

"한 시 방향에 몬스터들이 있네."

무슨 몬스터인지는 잘 모른다. 다만 짐승형 몬스터였다.

재현은 빌딩 아래로 다시 내려와 몬스터들을 포착한 곳으로 향했다.

한적한 공원에서 녀석들이 다수 모여 있었다.

직립보행을 하는 몬스터들인데, 얼굴은 표범과 닮은 모습이다.

'아니, 송곳니가 목까지 오는 걸 보면 표범은 아닌가?'

어쨌든 크기나 덩치는 웨어울프보다 훨씬 작았다.

사람만 한 덩치와 키를 가진 짐승형 몬스터.

재현은 근처에 있는 버스 정거장의 뒤에 숨어 몬스터들을 향해 레이저를 쏘았다.

이름: 블레이드 퓨마

종류: 고양잇과

등급: C+

-몬스터형 퓨마이다. 직립보행을 하며 날카로운 송곳니와 손톱을 가지고 있다. 송곳니와 손톱은 검처럼 날카롭고 매우 위협적이다. 평상시에는 손톱을 집어넣고 있지만, 전투 시에는 최대 30센티미터까지 길어진다. 후각이 퇴화해 인간 정도의 후각밖에 안 된다. 민첩하고 매우 흉포하다.

"엄청 강한 녀석들 같네."

그렇게 말했지만 재현은 잡을까 말까 고민도 하지 않았다.

그는 자신이 이길 것 같다는 자신감이 있었다.

운다인 때문이다.

얼마 전 중급 정령이 된 운다인은 자신이 기존에 계약한 정령들보다 훨씬 강력했다.

썬더러도 강하긴 했지만 운다인은 썬더러보다도 활용할 것이 많았다.

썬더러도 중급 정령이 된다면 기술이 더 많아지겠지만 말이다.

"재현아. 사냥할 거야?"

재현은 운다인이 물어보자 고개를 끄덕였다.

"원래 잡으려는 몬스터는 플레임 스네이크였지만 다른 몬스터를 본 이상 그냥 물러날 수는 없지."

운다인은 그럴 줄 알았다며 미소를 보였다. 그는 검을 빼어 들었다.

"운다인, 물의 축복."

운다인의 손에서부터 빛이 터져 나온다.

그 빛들은 그의 전신을 뒤덮으며 서서히 그에게 스며들었다.

정령력이 증폭되는 것이 느껴진다. 이것 말고도 다른 버프 기술도 있었다.

"바다의 기상."

물의 축복이 정령력을 증폭시켜 주는 것이라면, 바다의 기상은 신체의 힘을 증폭시켜 주는 것이다.

"웨이브로 한 녀석을 끌고 와! 각개격파하자!"

운다인은 고개를 끄덕이며 블레이드 퓨마에게 다가가 웨이브를 사용한다.

거친 파도에 녀석들이 뒤로 밀려나고, 모두 뿔뿔이 흩어지게 되었다.

한 녀석이 재현의 바로 앞까지 도달했다. 나머지는 운다인이 시선을 끌어 주었다.

"크헝!"

그의 앞까지 밀려온 녀석이 날카로운 송곳니를 보이며 손톱을 바짝 세웠다.

등을 뒤로 젖히자 녀석의 손톱이 가로로 허공을 그었다.

"썬더러, 라이트닝 차징!"

녀석의 몸을 강타한 라이트닝 차징은 큰 충격을 안겨 주었다.

"크르릉!"

"어라, 한 방에 안 죽었네?"

허나 녀석은 여기서 쓰러지지 않고 오히려 그를 더욱 노려보았다.

상당히 열 받았는지 두 눈이 충혈되어 있었다.

그래도 감전으로 인해 움직임에 제한이 되어 있었다.

재현은 이 틈에 서둘러 녀석에게 거리를 벌렸다.

자기 마음대로 움직여지지 않아 녀석이 앞으로 꼬꾸라졌다.

그는 쓰러진 녀석을 향해 라이트닝 차징과 라이트닝 볼을 사용했다.

몇 차례 사용하자 드디어 녀석의 움직임이 완전히 정지했다.

한 녀석이 쓰러지기 무섭게 운다인이 다른 녀석을 다시 이쪽으로 보내 왔다.

이번 녀석은 방금 상대한 녀석보다 좀 더 근육이 붙어 있고, 민첩했다.

"노움, 어스트랩!"

재현이 손가락으로 가리킨 곳을 향해 노움이 땅을 파냈다.

녀석의 발이 쑥 꺼지면서 중심을 잃고 앞으로 쓰러지고 있다. 하지만 녀석은 특유의 균형 감각으로 넘어지지 않고 재현에게 다가왔다.

그것만 해도 나름 시간을 벌 수 있었다.

"라이트닝 차징!"

다시 한 번 라이트닝 차징!

번개가 일자로 뻗으며 녀석에게 쏘아졌다.

녀석은 하늘 높이 도약해 공격을 피해 냈다.

하지만 그것은 녀석의 크나큰 실책이었다.

"썬더러, 들어가! 메타리엔, 나와서 녀석의 착지 지점에 철골을 박아 넣어!"

운디네에서 운다인이 되면서 재현은 모든 정령들을 한꺼번에 소환하지 않았다.

운다인 하나만 해도 잡아먹는 정령력이 상당하기 때문이다.

그래서 선택한 것이 상황에 맞게 소환하고 기술을 사용하는 것이었다.

소환하는 정령력이 따로 들긴 하지만 운다인을 계속 소환함으로써 낭비되는 것을 최대한 줄일 수 있었다.

마음 같아서는 전투 내내 다른 정령들을 다 소환하고 싶지만 정령력의 낭비가 컸다.

드드드득!

아스팔트가 갈라지며 안에 있던 철골들이 움직이기 시작한다.

공중에서 움직일 수 없는 것을 이용해 녀석의 착지지점에 주위에 널린 철골들을 끌어와 벽을 만들었다.

주위에 널리고 널린 것이 철이다.

콘크리트 건물들 사이로 나와 있는 철골과 여기저기에 널려져 있는 부러진 가로등은 기술에 적절한 용도로 사용되었다.

녀석이 착지하기 무섭게 콘크리트 위로 솟아오른 철골들이 몸을 관통했다.

"어우, 아프겠다."

재현이 의도한 것이긴 했지만 막상 눈앞에서 보니 보기 좋은 장면은 아니었다.

사지가 철골에 박혀 움직일 수 없게 된 녀석.

녀석은 고통에 울부짖으며 아등바등했다.

움직이면 움직일수록 오히려 상처만 더 벌어질 뿐이다.

이로써 단숨에 두 마리의 몬스터를 해치웠다.

아직 두 마리가 더 남아 있었다.

방금 전 동료의 울부짖음을 들었는지 녀석들의 시선이 운다인에서 재현에게로 향해 있었다.

"두 마리가 한꺼번에 덤비는 건 버거울 거 같은데."

재현은 운다인을 서둘러 곁으로 되돌아오게 한 후, 녀석들을 향해 수중감옥을 사용했다.

옴짝달싹 못 하게 된 녀석들.

그러나 수중감옥은 녀석들의 손톱에 의해 쉽게 갈가리 찢어졌다.

"이제 수중감옥이 아예 안 통하는 단계까지 온 건가?"

처음에는 매우 유용하게 사용된 수중감옥이건만, 지금에 와서는 어지간한 녀석들은 다 벗어나 버렸다.

그나마 자신이 계약한 정령 중 가장 강력한 공격력을 지닌 게 바로 썬더러다.

그러나 썬더러의 공격도 이제 몇 차례나 맞아야 녀석들이 쓰러졌다.

확실히 중급 정령사가 되면서 강해지긴 했지만, 그만큼 중급 몬스터들도 하급 몬스터들과 비교되지 않을 정도로 강했다.

"웨이브 커터!"

운다인의 주위에 떠돌고 있던 물방울이 모이는 것과 동시에 재현의 정령력이 급감했다.

파도처럼 녀석들을 향해 밀려간다.

그 파도는 날카롭게 벼려진 것이었다.

가장 먼저 달려든 녀석은 이를 보고 피했지만, 바로 뒤에 따라오던 녀석은 미처 반응하지 못했다.

뒤따라오던 녀석은 웨이브 커터에 맞고 뒤로 크게 밀려

나며 피를 쏟아 냈다.

단 한 번으로 쓰러뜨릴 정도로 강력했지만, 재현의 안색이 좋지 않았다.

“재현아, 괜찮아?”

“난 괜찮아.”

정령력이 갑자기 급감해서 피로가 몰려왔다.

방금 전까지 괜찮았던 그의 눈 밑에 검은 그림자가 짙어졌다.

운다인은 자신이 더 이상 나와 있으면 재현이 위험하다 판단하고 자진해서 정령계로 돌아갔다.

재현은 운다인의 생각을 미리 읽었기 때문에 정령계로 돌아가기 무섭게 썬더러를 다시 소환했다.

남은 것은 한 마리!

녀석은 재현을 향해 손톱을 휘두르고 있었다.

피하기에는 늦어 재현이 두 팔을 들어 방어 자세를 취했다.

까앙!

알루미늄 방망이로 공을 세게 친 것과 같은 소리를 내며 몸이 옆으로 밀려났다.

밀려나면서 중심을 잃을 뻔했지만, 다행히 넘어지지 않았다.

'맷집도 맷집이지만, 힘도 엄청 좋다 이거지?'

어지간한 공격에도 끄떡도 하지 않았던 갑옷을 입었음에도 팔이 얼얼했다.

큰 충격은 아니었지만 아이언 와일드보어의 가죽으로 만들어진 로브의 끝자락이 찢겨졌다.

자동으로 재생되는 기능이 있어 금방 원상복구 되었지만 그 질긴 가죽도 쉽게 찢어발기다니. 솔직히 속으로 꽤 놀라고 있었다.

녀석은 이 기세를 몰아 송곳니를 세우며 달려든다.

이대로 물어뜯어 버리겠다는 듯이 보인다.

가만히 있을 재현이 아니기에 녀석의 공격이 들어오기 전에 소리쳤다.

"메타리엔, 아이언 룸!"

사철과 쇳조각들이 조각조각 모여 벽을 만들어 내기 시작했다.

녀석은 재현의 근처에 오기도 전에 철로 이루어진 감옥에 갇히고 말았다.

"크허헝!"

감옥에 갇히고 만 녀석은 괴성을 지르며 벽을 두드렸다.

어떻게든 빠져나오려고 하고 있지만 마음대로 되지 않았다.

하지만 몇 번 치지 않았는데 철의 일부가 뜯어져 가루처럼 흘러내렸다.

콰직!

결국 얼굴 만큼의 구멍이 생겼다.

재현은 경악했다.

"도대체 얼마나 센 거야?"

이건 완전히 흉기나 다름이 없었다.

확실히 티타늄 로브를 입은 채로 맞았는데도 손이 얼얼할 만했다.

재현은 녀석이 벽을 허물고 나오기 전에 쓰러뜨리기로 했다.

"썬더러, 라이트닝 볼!"

그 순간, 아이언 룸 내부에서 어마어마한 전류가 작렬한다.

녀석이 괴성을 지르며 비명을 질렀다.

노린내가 주위를 진동케 했다.

"으, 냄새."

그다지 썩 좋은 냄새는 아니었기에 그는 코를 틀어막고 녀석에게로 향한다.

구멍이란 구멍에서는 찐득하고 붉은 피가 나왔다.

녀석이 혀를 길쭉하게 내민 채 쓰러져 있다.

재현은 나머지 녀석들도 죽은 것을 확인하고서 한숨을 푹 내쉬었다.

"어렵고 힘들게 잡은 것은 둘째 치고…… 가죽이든 뭐든 너무 훼손됐다."

아예 살이 익은 녀석이나, 여기저기 찢겨진 녀석들이었다.

초급 헌터 때는 어지간해서는 온전히 팔 수 있었는데 중급 헌터가 되니 그게 여의치 않았다.

마운틴 덕이 그나마 상대하기 만만했으나, 블레이드 퓨마는 C+등급의 몬스터답게 꽤나 까다로운 녀석이었다.

그래도 일단 팔기는 해야 하기 때문에 재현은 곧장 한 놈을 잡았다.

"노움, 메타리엔. 옮기는 것 좀 도와줄래?"

혼자서 모두 하기에는 무리인 터라 노움과 메타리엔의 도움이 절실했다.

노움과 메타리엔은 고개를 끄덕이며 사냥감을 옮기는 걸 도와주었다.

트럭은 근처에 세워 뒀기 때문에 뒤에 싣는 건 오래 걸리지 않았다.

다만 방금 전 한 번 전투한 것으로 피로감이 몰려왔다.

"재현아, 좀 쉬는 게 어때?"

"응. 그러자. 10분 정도만 쉬자."

재현은 아까 전 처음 들어갔던 빌딩으로 걸음을 옮겼다.

몬스터들이 있는지 없는지 모든 방을 확인했으니 안전은 확실했다.

그는 트럭을 안전한 곳에 숨겨 두고 빌딩 안으로 들어가 오래된 소파에 앉았다.

"콜록콜록! 어우, 먼지."

아무도 관리하지 않았던 덕분에 소파에 앉자마자 먼지가 주위로 튀어 올랐다.

재현은 기침을 하며 손부채로 먼지를 다른 곳으로 날려 보냈다.

딱히 옷이 지저분해지는 건 신경 쓰지 않았다.

운다인에게 부탁하면 몇 초 만에 세탁이 완료되기 때문이다.

재현은 필수로 챙겨 오는 정화수를 섭취했다.

정화수는 피로 회복에도 도움을 주지만, 마력 회복에도 도움을 주는 것이기도 했다.

정화수는 시원스럽게 목 뒤로 넘어갔다.

[재현아. 갑자기 사냥이 힘들어진 거 아냐? 그냥 차라리 마운틴 덕을 잡는 게 낫지 않아?]

운다인의 텔레파시가 머릿속에서 들려왔다.

'갑자기 왜?'

[너무 위험한 것 같아서.]

사냥은 가능하지만 오랫동안 하지 못한다는 게 최대의 단점이다.

운디네가 운다인이 되고서부터 소비하는 정령력이 예전보다 훨씬 압도적으로 많아졌다.

운다인을 소환하는 것도 정령력이 금방 떨어지는데, 기술까지 사용하니 피로가 누적되었다.

운다인은 그것을 걱정하는 것이다.

'C+급 몬스터를 잡는 건 오늘이 처음이잖아. 아, 홉고블린 부족장 빼고 말야. 처음부터 쉬울 거라고 생각하지 않았어. 나름대로 위험에 대비하고 있기도 하고 말야.'

[그래도…….]

'정 위험하면 도망칠 거니까 걱정하지 마. 조금만 지나면 정령력이 늘어나서 너도 하루 종일 소환하는 게 가능해질 테니까.'

운다인을 하루 종일 소환한다면 그만큼 오랫동안 전투를 할 수 있다는 말과 같았다.

그렇게만 된다면 오늘처럼 블레이드 퓨마를 사냥한다해도 한층 더 수월해질 것이다.

[알았어. 다만 너무 위험하게 사냥하지는 마?]

'걱정하지 마. 나도 위험한 짓은 하지 않으니까.'

걱정이 늘어난 운다인을 위로하고, 재현은 먼지를 털며 일어났다.

"얘들아, 다시 사냥해 볼까?"

*　*　*

재현은 기쁨을 주체할 수 없었다.

오늘 하루 사냥한 수확이 꽤 짭짤했기 때문이다.

그 어떤 때보다도 돈을 많이 벌었다.

블레이드 퓨마를 파니 한 마리당 무려 천팔백만 원이나 했다.

그것도 가죽이 온전하지 않은 상태로 판 것인데 그만한 가격이었다.

오늘 하루 사냥한 게 총 일곱 마리.

고작 두 번의 사냥으로 정령력이 바닥을 보여 어쩔 수 없이 그만하고 팔러 왔는데 일억이천만 원이 넘는 돈이 통장에 들어왔다.

그렇게 오랫동안 사냥한 것도 아니었다.

오전에만 사냥하고, 정령력의 소모가 커 도중에 나왔는데도 이 정도였다.

시간대 비율 고소득이다.

어떻게 하다가 들은 사실인데, 블레이드 퓨마는 송곳니가 꽤 비싸게 거래가 된다고 한다.

녀석의 송곳니가 어찌나 단단한지 강철과 함께 녹여 합금으로 만들어 팔아 그 수요가 꽤 된다고 한다.

무엇보다 녀석의 피는 정력제로도 쓰인다고 한다.

수정체도 꽤 돈이 되는 것이기도 했지만 정력제로 쓰이는 만큼 그 가격은 수정체와 엇비슷한 가격으로 측정이 되었다.

"일단 몇 병 담긴 했는데……."

재현은 500밀리리터 페트병에 블레이드 퓨마의 피를 담은 상태였다.

이유를 굳이 말한다면 자신이 쓰려고 한 것이다.

정력에 좋다!

그 말을 듣기 무섭게 바로 챙겨 버렸다.

"윤정이는 오늘 온다고 했고…… 큼큼! 좀 마시는 게 좋겠지?"

오늘 밤에 있을 일을 생각하며 일단 마셔 두기로 했다.

생으로 마시는 게 가장 좋다고 해서 일단 집에 도착하기 무섭게 일단 뚜껑을 따서 마셔 보았다.

정력제로 쓰인다고 하니 맛이 특별할 줄 알았는데, 전혀 아니다.

피는 피일 뿐이다.

비릿한 맛이 입에서 감돌았다.

“웁!”

얼마나 비릿한지, 자신도 모르게 속에서부터 뭔가가 올라오고 있었다.

재현은 이 아까운 걸 그냥 토해 버릴 수도 없기에 손으로 입을 막으며 억지로 목 뒤로 넘겼다.

그래도 입 밖으로 피가 나와 옷을 물들게 만들었다.

몬스터의 피야 허다하게 옷에 묻히니 딱히 신경도 쓰이지도 않았다.

“으으…… 괴로워.”

그는 휴지로 손과 입 주위에 묻은 피를 닦아 내고 물을 한 컵 들이켰다.

어찌나 비릿한지 물을 마셨는데도 그 여운이 남아 있었다.

뭔가 힘이 샘솟는다는 느낌은 그다지 없었다.

마신 지 얼마 되지 않았으니 차차 기다리기로 했다.

재현은 일단 옷부터 갈아입기로 했다.

안 그래도 흰색 티셔츠라 피 묻은 것이 보기 좋지 않았다.

옷을 갈아입으려던 찰나, 초인종이 울렸다.

인터폰을 확인하니 윤정이 서 있었다.

“왔구나~!”

그는 서둘러 나가며 문을 열어 주었다.

그녀는 손에 과일을 들고 있었다.

그의 집에 올 때마다 과일이나 식재료 같은 걸 사 오는 윤정이다.

그녀는 미소를 지은 채 그를 바라보다가 점점 얼굴이 새파랗게 질리기 시작했다.

그녀의 시선은 정확히 자신의 옷으로 향해 있었다.

"……아."

옷을 갈아입으려다가 그녀가 오자 기쁜 마음에 그걸 망각하고 문부터 열어 보였다.

피를 봤으니 당연히 이런 반응을 보일 수밖에.

"꺄악! 오, 오빠!"

윤정은 재현의 입과 옷에 묻은 피를 보고 기겁하며 비명을 질렀다.

재현은 아차 싶었지만, 이미 되돌리기에는 늦었다.

"부, 붕대! 약! 아니, 의사!!"

"윤정아, 진정해! 이거 내 피 아냐!"

재현이 크게 다쳤다고 생각한 윤정이 크게 당황한 모양인지 어떻게 해야 할지 몰라 우왕좌왕했다.

당연한 일이지만 이 일은 해프닝으로 끝났다.

얼른 병원에 가자고 재촉하던 윤정이지만 자신의 피가

아니라는 걸 증명하고서야 진정할 수 있었다.

자신의 피가 아니라는 걸 증명하는 건 어렵지 않았다.

옷을 벗어 다치지 않았다는 걸 증명하면 되는 것이다.

윤정은 외상이 없자 이번에는 큰 병에 걸린 게 아니냐며 더욱 걱정했었지만 확실하게 증명하기 위해 블레이드 퓨마의 피를 보여 주었다.

그제야 윤정은 정말 그의 피가 아니라는 걸 알고 안도의 한숨을 내쉴 수 있었다.

"깜짝 놀랐잖아."

"아하하. 놀라게 하려는 생각은 없었는데. 미안하게 생각하고 있어."

"근데 왜 몬스터의 피를 팔지 않고 가지고 온 거야?"

윤정은 순수하게 물어보았다.

왜 몬스터의 피를 가지고 온 건지 이해를 못 하겠다는 표정이다.

재현은 씩 웃으며 장난스럽게 그녀의 어깨에 팔을 두르며 그녀의 귓가에 작게 속삭였다.

"이게 남자에게 그렇게 좋다고 하더라고."

윤정이 주먹으로 그의 가슴을 가볍게 쳤다.

"아잉, 짐승."

"하하하."

하하호호 웃으며 다시 여유를 찾은 그들은 이런저런 얘기를 나누었다.

아무래도 서로 일이 있다 보니 만나는 날이 서로 여유가 있을 때밖에 없었다.

재현이야 시간만 내면 언제든 만날 수 있지만, 윤정은 그렇지 않았다.

대학 때 이미 취득한 자격증도 있었지만 정식으로 채용되기 위해서는 교수들의 추천서를 받아야 유리하다고 한다.

그 때문에 여기저기 알아보느라 바빴다.

의사가 되는 건 기쁜 일이지만, 지금보다 훨씬 바쁜 일이 생길 것이다.

Chapter 02

특별 의뢰

재현은 한 달 만에 육십억 원에 가까운 돈을 벌었다.

중급 몬스터들을 사냥하며 벌어들인 그 돈은 세금을 10% 제하고 온전히 재현의 통장에 들어왔다.

남들은 그 큰돈을 벌어도 이것저것 사느라 남는 게 거의 없다지만, 재현은 달랐다.

치료수가 있기 때문에 굳이 포션을 매일 사는 것도 아니었다. 매직 아이템을 사기 위해 쓰는 경우도 드물었다.

남들은 한 달에 한 번씩 매직 아이템을 사거나 하지만, 재현은 가까이에서 근접전을 펼치는 것도 아니다.

입고 있는 티타늄 로브가 어지간해서는 파괴되지도 않

는다.

중급 몬스터과 싸우면서 이제 조금씩 상처가 생기고 있었지만 그마저도 메타리엔이 수리해 줘서 돈이 따로 빠져나가지 않는 탓이다.

다른 헌터들은 이래저래 빠져나가는 동안, 재현은 그 돈이 절약되다 보니 어찌 보면 자연스러운 일이었다.

벌써 아파트 대출받은 돈을 갚고도 한참 남았다.

돈도 많이 남으니 한동안 수련에 매진하고자 생각했다.

이유야 간단하다. 제아무리 정령력에 특화된 몸을 갖고 있다 하더라도 운다인을 장시간 소환할 수 없는 탓이다.

그간 친화력과 정령력이 조금씩 상승해 운다인의 소환 시간이 길어지긴 했으나 아직 부족한 것은 사실이다.

"수련하자, 수련!"

정령력을 증진시키기 위해 재현은 한동안 정령들을 소환할 수 있는 만큼 소환하기로 했다.

운다인을 소환하고, 다른 정령들도 소환할 수 있을 만큼 소환한다.

버프와 전투 기술은 운다인이 가장 강력하기 때문에 운다인을 적극 활용하려면 수련밖에 답이 없었다.

훗날 운다인 말고도 다른 정령들도 중급 정령이 될 수 있다.

그렇기에 지금 당장의 수련이 절실하다고 생각했다.

'그래, 처음부터 시작하는 셈치자.'

재현은 운디네를 처음 소환했을 때도 지금과 같았다.

그 당시에는 한두 시간이 전부였던 재현이다.

지금은 운다인을 소환하고 다른 정령들까지 합해도 반나절은 가능하니 그 당시보다 더 좋은 조건이라고 봐도 됐다.

소환 시간이 길어지면 길어지는 만큼 친화력과 정령력이 쌓일 것이다.

또 일상생활에서도 꾸준히 정령력을 쌓기 위해 정화수를 마시고 요리하고 하니 그리 어려운 건 아니다.

* * *

그로부터 3주가 지났다.

재현은 그동안 수련을 하루도 게을리하지 않으면서 친화력과 정령력을 쌓는 데 집중했다.

정화수로 요리는 기본이고, 목욕을 자주 하고, 목마르지도 않으면서 생각이 날 때마다 정화수를 마셨다.

정령들과 대화는 당연히 필수적으로 하는 일이다.

윤정이 찾아올 때도 자주 소환해 같이 대화를 나누기도

했다.

정령들도 윤정과 친하기 때문에 대화하는 것은 그리 어려운 일이 아니다.

그러한 노력 덕분에 운다인은 물론 다른 정령들을 소환해도 하루 동안 소환하는 것이 가능해졌다.

물론 전투 시에 소비하는 정령력을 계산하면 반나절도 못 가겠지만, 소환 시간이 길어진 것 자체가 의미가 있는 것이다.

최소한 사냥할 때 언제든 대응할 수 있어 위험을 크게 줄일 수 있다는 뜻이니까.

재현은 집 안에서 수련을 하면서 가끔 조용한 계곡을 찾아가기도 했다.

아무래도 운다인이 물의 정령이다 보니 친환경적인 곳에서 수련하는 게 좋을 것 같다고 생각한 탓이다.

야영하는 거야 늘 하던 거니 어렵다고 느끼지도 않았다.

오히려 사냥을 목적으로 간 것이 아닌 덕분에 정령들과 재밌는 추억이 많아졌다.

캠핑 기분도 내면서 수련도 하고, 물속에 들어가 놀기도 하고.

어렸을 때는 친가와 외가에 가면 계곡이 있었기 때문에 자주 놀았지만, 크면서 그것도 뜸해졌다.

재현에게 있어서도 추억을 되짚어 볼 수 있는 날이기도 했다.

그는 피곤한 몸을 이끌고 소파에 누워 버렸다.

여행이란 게 가면 즐겁지만 집에 오는 길이 피곤한 법이다.

정령들은 재현의 위에 누웠다.

운다인은 몸집이 커진 덕분에 빈자리에 앉는 걸로 대신했다.

늘어지게 하품을 하며 재현은 리모컨을 찾아 TV를 켰다.

TV에서는 예능 프로그램이 이제 막 시작된 참이다.

유한도전이라는 프로그램이다. 늘 컨텐츠를 새롭게 하여 신선함과 충격을 주는 리얼 버라이어티 예능 방송이다.

오늘의 예능 컨텐츠는 몰래카메라였다.

방송을 이끌어 나가는 메인 MC가 멤버들을 대상으로 몰래카메라를 진행하는 것인데, 사실 그것은 함정!

멤버들은 이를 알고 있으며 몰래카메라를 진행하는 메인 MC를 당황케 만드는 것이다.

처음에는 의도대로 흘러가 몰래 웃고 있던 메인 MC지만, 서서히 진행될수록 돌발 상황의 연속이니 당황한다.

메인 MC는 심각한데, 멤버들은 당황할 그를 떠올리며

웃는다.

"하하하!"

재현은 방송을 보며 하하하 웃었다. 정령들도 같이 웃고 있었다.

처음에는 이러한 재미를 몰랐던 정령들이지만, 재현과 같이 지내면서 개그코드를 알게 된 참이다.

하루 종일 잠만 자는 메타리엔도 이 예능 방송을 틀 때면 늘 잠에서 깨어나 꼭 챙겨 볼 정도였다.

늘 여유가 없던 재현도 여유가 생기니 TV 프로그램을 몇 개씩 보고는 했다.

그렇게 한창 웃으며 보고 있는데, 화면이 갑자기 뉴스로 넘어갔다.

재현은 의아한 듯 화면을 응시했다.

재현과 다를 바 없는 표정의 정령들이었다.

뉴스 특보라는 화면이 나옴과 동시에 아나운서가 인사를 한다.

[시청자 여러분, 안녕하십니까. 긴급 특보입니다. 현재 서해안 바다에 대규모 해양 몬스터들이 출몰했다는 속보입니다. 자세한 소식, 들어 보겠습니다.]

화면이 다시 넘어간다. 왼쪽 상단에는 생중계라고 버젓이 쓰여 있다. 헬리콥터에서 바다를 찍고 있다.

[물고기 잡이 어선들로 가득했던 서해안의 고요한 적막이 깨졌습니다. 몬스터들의 갑작스러운 출몰로 인해 현재 집계된 피해 어선은 세 척이나 됩니다. 중국, 한국, 일본의 선박을 합치면 열 척의 피해가 있을 것이라 추정하고 있습니다.]

화면은 다시 넘어가고, 피해를 받은 어선들로 이동한다.

어선의 일부가 갈기갈기 찢어지거나 구겨진 부분이 보인다.

해당 어선에 있던 어부들의 인터뷰도 이어졌다.

당시에 있었던 일들을 흥분이 채 가라앉지 않은 상황에서 인터뷰 중이다.

재현과 정령들이 이를 뚫어지도록 바라보았다.

화면은 다시 바다로 향한다.

[현재 이 몬스터들은 남쪽으로 이동해 일본과 필리핀 해역까지 간 것으로 추정하고 있습니다. 현재 보이시는 바와 같이 불규칙적인 물결이 일고 있는데요, 현재 해양 몬스터들이 이동하고 있는 것이라고 합니다.]

불규칙적인 물결이 보이는 곳을 클로즈업하자 검은색 물체가 계속 이동하고 있는 것을 알 수 있었다.

클로즈업을 했다고 해도 그 크기를 짐작하기 어려워 보일 정도였다.

[화면을 봤을 때 꽤 강한 몬스터인 것 같은데요, 혹시 몬

스터에 대한 정보가 나왔습니까?]

[여러 증언을 통해 선박을 습격한 몬스터들은 종류가 다양한 것 같다고 합니다. 하지만 확실한 건 모든 증언에서 공통적으로 촉수를 봤다는 것입니다. 정부에서는 크라켄이 나왔을 거라 예상하고 있습니다.]

[크라켄은 정확히 얼마나 강한 몬스터입니까?]

[크라켄은 C급 몬스터로 분류되어 있는데요, 크라켄은 선박을 끌어 내릴 수 있을 정도로 강력하다고 알려져 있습니다.]

"우와, 해양 몬스터 무시무시하네."

재현이나 정령들은 감탄을 할 정도였다.

배를 끌어 내릴 수 있을 정도로 강력하다고 하니 당연히 감탄이 나올 수밖에 없었다.

[이 정도 피해를 봤더라면 정부에서 따로 움직이지 않습니까?]

[예, 정부에서는 해양 몬스터의 출몰을 보고받자마자 합동대응본부를 차리고 헌터들을 투입하기로 결정했습니다. 출몰 지점에서 인접한 곳에 있는 헌터들은 피해를 막기 위해 우선적으로 투입되었다고 합니다. 그리고 이틀 내로 수중전이 가능한 헌터들을 투입할 예정이라고 합니다.]

[그럼 이틀간 어민들은 바다로 나가지 못한다는 건데요,

어민들의 근심이 크지 않습니까?]

해양 몬스터가 출현하는 건 자주 있는 일이다. 하지만 특보까지 내보낸 것을 보니 상황이 꽤 심각한 것 같았다.

재현은 누운 채 고개만 돌려 벽걸이 시계를 바라보았다.

벌써 십 분이 넘게 특보가 나가고 있다.

"어째 안 끝날 거 같은데……."

재현은 늘어지게 하품을 하며 특보가 언제 끝나나 무심하게 바라보았다.

그는 자신에게 곧 닥칠 일도 모른 채 시큰둥하게 TV만 바라볼 뿐이었다.

*　　*　　*

몬스터 중 사냥하기 까다롭다고 알려진 것은 해양 몬스터이다.

바다 안에서는 제대로 활동하기가 어려워서이고, 제한이 따르기 때문이다.

그런 몬스터들이 한국 서해안에 나타나니 당연히 난리가 날 수밖에 없었다.

이튿날이 되자 피해는 더욱 늘어 한국에서는 열 척이 가라앉았다고 보도되었다.

일이 이렇게 돌아가니 정부에서는 황급히 일을 진행시키고 있었다.

수중전에 능한 헌터들을 선발해 투입시키고 있으며 군에서는 잠수함과 전함들을 이끌고 해양 몬스터의 진입을 늦추고 있다고 한다.

분주하게 움직이는 헌터들을 TV로 보며 재현은 집에서 연구에 빠져 있었다.

운다인을 적극 활용하기 위해 기술을 어떤 식으로 쓰면 좋을지 정령들과 함께 머리를 맞대며 연구를 하고 있었다.

"일단 운다인이 하이브리드라서 좋긴 한데, 그만큼 소모하는 정령력이 엄청나다는 게 단점이야. 버프 기술은 정령력이 충만해지기 전까지 웬만하면 사용하지 않는 쪽으로 하는 게 어때?"

썬더러의 말에 재현이 고개를 끄덕인다.

확실히 정령력의 소모는 장난이 아니었다.

전투를 오랫동안 지속할 수 없는 이유 중 하나로 버프 기술을 꼽았다.

계약자의 신체 능력을 끌어 올려 주는 것은 좋지만, 그만큼 힘든 일이 많았다.

노움은 썬더러의 말에 고개를 저었다.

"그렇다고 포기하지는 못하죠. 운다인의 버프 덕분에

우리들도 힘을 더 낼 수 있게 되는 거니까요. 솔직히 말하자면 현재 저희들은 운다인에게 의존도가 커졌어요."

장점이 있으면 단점도 있는 법이다.

하지만 이게 꼭 나쁘다고 할 수는 없었다.

위기 상황에서 신체 능력을 끌어 올려 준다면 분명 도움이 되어 위기를 벗어날 수도 있을 테니까.

"그렇긴 해도 사용하지 않을 수 없단 말이지. 노움 말대로 일단 정령력이 증폭되어서 공격력이 늘어나는 게 현 상황에서 가장 크니까."

버프를 사용하지 않으면 몬스터를 잡는 데 더 많은 시간이 걸릴 것이 분명하다.

운다인 덕분에 C급 몬스터를 그나마 힘도 덜 들이며 사냥하고 있는 실정이다.

운다인이 없었다면 재현은 함부로 C급 몬스터를 잡으러 갈 수도 없었을 것이다.

이 와중 운다인은 머쓱하다는 듯 하하 웃을 뿐이다.

"메타리엔. 너의 의견은 어때?"

가만히 재현의 위에서 잠을 자고 있던 메타리엔에게 시선을 돌린 재현.

메타리엔은 하품을 하며 대답했다.

"포기하는 게 오히려 손해…… 재현이가 노력하는 방법

밖에 없어…….”

“모두의 의견을 전부 들어 보면 일단 내가 성장하는 게 해결점이란 소리네.”

그게 가장 현실적이고 확실한 해결점이다.

조금 더 노력해서 정령력을 쌓는다.

그렇게 되면 버프 기술이든 뭐든 사용한 채로도 장시간 전투를 할 수 있다는 것이니까.

재현은 한숨을 푹 내쉬었다.

근본적으로 자신만 성장하면 될 일이다.

편법이라도 있었으면 편법을 쓰고 싶었지만 결국 미친 듯 수련하는 것 외에는 없다는 소리다.

그렇게 결론이 나고 나중에 또 계곡 같은 곳에 놀러가기로 했다.

집에서 하는 것보다 자연 속에서 수련하는 게 친화력과 정령력을 쌓기 좋으니 말이다.

띵동—! 띵동—!

초인종이 울리자 재현의 시선이 인터폰으로 향했다. 인터폰 화면에는 처음 보는 사람이 비치고 있었다.

“애들아, 잠깐 들어가 있어.”

“응.”

정령들이 모두 정령계로 돌아가자, 재현이 인터폰 수화

기를 들었다.

"누구세요?"

[박재현 씨 댁 맞으신가요?]

"예, 그런데요?"

[헌터 관리 위원회에서 왔습니다.]

"헌관위에서요?"

재현은 헌관위에서 왜 자신을 찾아왔는지 의아한 듯 생각했다.

딱히 찔리는 건 한 적이 없었다. 아니, 있긴 했다.

'혹시 블랙 헌터 녀석들에게 몹몰이 한 것 때문인가?'

유일하게 찔리는 구석이라고 하면 설악산에서 몬스터 준동이 일어나기 전 행한 일이었다.

뒤늦게 조사되어 온 게 아닌가 살짝 불안한 감이 없잖아 있었다.

"무슨 일로 오신 거죠?"

불안감을 최대한 억누르며 물었지만 말 자체는 떨리고 있었다.

다행히도 인터폰의 기계음이 섞여 헌관위 사람들은 그걸 눈치채지 못한 듯싶었다.

[자세한 건 안에 들어가서 얘기해도 되겠습니까?]

다행히 그 용건은 아닌 모양이다. 뭔가 추궁하겠다는 분위기는 아니었다.

"잠시만 기다려 주세요."

재현은 수화기를 내려놓고, 문을 열어 주었다.

깔끔한 정장 차림으로 온 남성.

남자가 봐도 잘생겼다는 느낌이 강했다.

그는 실례하겠다는 말과 함께 집 안으로 들어왔다.

재현은 일단 그에게 음료수를 내오고 맞은편에 앉았다.

"반갑습니다. 박재현 씨. 헌터 관리 위원회의 위기대책과에 일하고 있는 공은혁이라고 합니다."

은혁은 명함을 꺼내 그에게 건네주었다.

재현은 헌관위의 명함은 처음 봤기 때문에 신기한 듯 이를 바라보았다.

"다름이 아니라 서해안에서 일어나고 있는 일 때문에 찾아뵈었습니다."

"서해안에서요?"

"예. 소식은 들으셨죠?"

TV나 인터넷 포털 사이트에서 이 얘기로 가득한데 재현이라고 모를 수 있나.

그가 고개를 끄덕이자, 은혁이 말을 이었다.

"이번에 서해안에 출몰한 몬스터들 때문에 헌터들을 투입하기로 결정했는데, 박재현 씨가 선발되었습니다."

“……제가요?”

금시초문이다. 아무런 얘기가 없었으니 당연히 모를 수밖에 없었다.

“공지를 띄웠는데 확인하지 않으신 모양이군요.”

“…….”

딱히 할 말이 없기 때문에 재현은 침묵했다.

재현은 일급 공지가 아닌 이상 무시하기 일쑤였는데 이번에도 그랬다.

재현은 킵보이를 켜 보고 공지를 확인해 보았다.

선발된 헌터들의 명단을 확인하니, 끝자락에 재현의 이름이 떠 있었다.

동명이인이 아닌가 의심했지만, 이름 옆에는 버젓이 헌터 등록 번호가 적혀 있었다.

자신이 맞았다.

“그런데 어쩌다 제가 선발된 거죠?”

“해양 몬스터들이다 보니 수중전에 능한 헌터들을 위주로 뽑게 되었습니다. 총 네 가지 속성의 정령들을 부리고 있고, 중급 물의 정령도 부린다고 하여 박재현 씨가 선발되었습니다.”

재현은 한숨을 내쉬며 고개를 저었다.

“이거 강제로 해야 하는 거죠?”

"강제는 아닙니다. 강제로 하는 거였으면 제가 굳이 찾아왔겠습니까? 우선적으로 선발은 되었지만 개개인마다 사정이 있을 테니 의향을 묻고자 온 겁니다."

맞는 말이다.

강제로 해야 하는 거였으면 서해안 몬스터 소탕에 선발되었으니 서해안으로 오라고 통보를 했을 것이다.

"제가 중급 물의 정령을 다룰 수 있기는 한데 중급 정령을 다룬 지 얼마 되지 않아서 소환도 얼마 못해요. 끽해 봐야 반나절? 전투를 시작하면 길어 봐야 두 시간이 한계예요."

"그 정도만 하더라도 괜찮습니다. 재현 씨는 뒤에서 보조만 하셔도 되니까요."

"수련이 더 필요한데요? 전투도 오래 하지 못해 오히려 짐만 될 거예요."

"물의 정령은 물이 있는 곳이라면 힘을 덜 들이고도 강한 힘을 끌어올릴 수 있다고 하지요? 바다에 있는 게 전부 물이니까 괜찮을 거라 봅니다."

"……."

어떻게든 자신을 보내려고 하려는 의지가 강렬해 보였다.

재현은 어이가 상실한 표정으로 은혁을 바라보았다.

그는 빙그레 웃으며 음료수를 마실 뿐이다.

'공권력이라도 사용할 기세로군.'

재현은 크게 한숨을 내쉬며 물었다.

"안 함으로써 생기는 불이익은요?"

"이익이 있었으면 있지, 불이익은 없다고 확실하게 말씀드릴 수 있습니다."

"그 이익이 뭔지 들어 봐도 될까요?"

일단 들어 봐서 꽤 괜찮다 싶으면 수락하고, 아니면 거절할 생각이다. 은혁은 이것을 기다렸다는 듯 말하기 시작했다.

"선발되었다 하더라도 의뢰로 인정되어 상급 헌터 심사에 유리하게 작용됩니다. 그리고 사냥한 몬스터는 모두 지원한 헌터들에게 돌아가지요. 또 매우 위험한 일이기 때문에 생명 수당도 따로 챙겨드립니다. 사망 시에는 오억 원을 드립니다."

조건만 봐서는 꽤 괜찮아 보였다.

하지만 얼마나 위험하기에 보험도 안 들어 놓았는데 오억을 준다고 쉽게 말할까 싶었다.

'그렇다 해도 내가 버는 돈보다 훨씬 못 미치네.'

재현이 한 달 동안 열심히 벌면 이번에 가는 것보다 훨씬 더 많이 벌 자신이 있었다.

굳이 C급 몬스터들을 잡지 않더라도 오억보다 더 벌 수 있었다.

"정령사들의 힘을 보충할 수 있는 아이템을 아낌없이 지원해드립니다."

"어떤 아이템을요?"

"매직 아이템, 포션, 해독제 등등. 필요한 것들 모두 지급해 드립니다."

해 줘 봤자 얼마나 해 준다고.

중급 헌터니까 아이템 또한 중급 정도로 해 주겠지 생각했다.

하지만 중급 아이템 정도 되는 것들은 필요 없었다.

재현이 가지고 있는 티타늄 로브만 하더라도 상급 헌터 전용 층에 있는 장비와 엇비슷할 정도니까.

액세서리도 마찬가지였다.

재현은 딱 잘라 거절하려고 했다.

헌데 은혁은 그의 생각이라도 읽기라도 했는지, 그가 거절하기 전에 선수를 쳤다.

"물론 모두 상급 헌터들이 사용하는 것들로요."

"사, 상급……!"

재현은 상급이란 말에 고민에 빠졌다. 매직 아이템, 포션, 해독제를 상급으로 지원해 준다고 하니 군침이 돌았다.

헌터 상점의 상급 헌터 전용 층에 가 봐서 잘 알고 있다.

상급 헌터 장비들은 최소 삼십억부터 시작한다.

최소 삼십억!

아무리 돈을 잘 버는 재현에게도 부담스러운 가격인 것은 확실했다.

정령력 증폭을 위해 액세서리를 상급으로 바꿀까 생각을 하고 있었지만 너무 부담되는 가격이라 무서워서 살 엄두를 못 내고 있었다.

수련을 하고서 진행이 더디다 싶으면 그때 돈을 모아 사기로 생각하기도 했었다.

그런데 그 비싼 것들을 지원해 주겠다니.

재현의 눈이 남이 보기 부담스러울 정도로 초롱초롱해지는 것도 이상하지는 않았다.

은혁은 갑자기 그의 눈빛이 변하자 약간 당황한 모습이었다.

"정말 지원해 줍니까?"

"예, 예. 물론이지요."

재현은 은혁의 손을 덥석 잡으며 물었다.

"서해안 어디로 가면 됩니까?"

"……."

* * *

맑게 내리쬐고 있는 햇빛이 반사되며 바다를 눈부시게 했다.

짭조름한 냄새가 코에 스며들고, 바람이 시원하게 불어와 재현의 머리카락을 쓰다듬었다.

서해안 앞바다.

바다에 오랜만에 와 본 재현은 바닷바람을 만끽한다.

그는 주먹을 움켜쥐고 두 팔을 하늘 위로 쳐들어 올리며 바다를 향해 소리쳤다.

"바다다!"

사람들의 시선이 재현에게로 쏠렸다.

그에게서 얼마 떨어지지 않은 곳에 엄마 손을 붙잡고 있던 아이가 저 아저씨 뭐하는 거냐고 물었다.

아이의 엄마는 아이를 데리고 황급히 그 자리에서 벗어났다.

부끄러울 법도 할 텐데 정작 재현은 주위가 어떤 반응인지 보이지도 않았다.

"바다다!"

또 다른 목소리다. 재현의 옆에 있던 파란색 머리의 소녀, 운다인이다.

운다인은 재현과 똑같은 자세로 즐기고 있었다.

재현에게 있어 바다는 정말 오랜만에 와 보는 곳이었다.

어렸을 적 바다에 몇 번 놀러 오긴 했지만, 사춘기 때부터 바다로 놀러 온 적이 거의 없었다.

거기다 그 당시에는 동해안만 가 봤다.

서해안은 처음이며 당연히 갯벌을 실물로 본 것도 머리털 나고 처음이었다.

운다인이야 물이 있는 곳이라면 다 좋아하지만, 바다를 가장 좋아한다고 한다.

운다인이 말하기를, 인간의 말을 빌리면 바다는 마치 자신의 고향처럼 편하게 느껴진다고 한다.

"운다인, 저기 봐 봐. 갯벌이야!"

재현은 다 들으라는 듯 떠들고 다니며 뛰어다녔다.

사람들의 반응은 공통적으로 피식 웃는 것뿐이었다.

메타리엔과 노움, 썬더러는 재현이 창피한 듯 정령계로 돌아가 버렸다.

유일하게 그의 곁에 남아 있는 정령은 운다인뿐이었다.

재현은 갯벌로 달려가 손을 집어넣어 보았다.

부드럽고 촉촉한 기분이 들었다.

손을 빼니 진흙이 잔뜩 묻어 나왔다.

그에게 있어 갯벌은 매우 신기한 것이었다.

재현은 운다인에게 부탁해 물을 끌어와 손을 씻었다.

운다인은 여기저기 뛰어다니고 있었다.

계곡에 올 때보다 더욱 신나 하는 모습에 절로 미소가 그려졌다.

저렇게 좋아하니 가끔 바다에 데리고 올까 생각하며 재현은 주위를 둘러본다.

몬스터의 출몰로 관광객이 줄어들었지만, 헌터들이 하나둘 도착했다. 재현처럼 선발된 인원들이었다.

"재현아, 그러고 보니 지원받은 매직 아이템은 착용했어?"

"아직."

이곳에 도착하자마자 재현은 각종 물품을 지원받았다.

헌관위에서 미리 와 있었기에 인원을 체크하면서 지원을 해 준 것이다.

무엇이든지 모르겠지만 개개인마다 물품이 다른 모양인지, 이름이 적힌 상자 두 개를 주었다.

그는 지원받은 상자를 열어 내용물을 확인해 보았다.

안에 든 것은 수중 호흡기, 포션, 해독제, 붕대, 물안경, 수중에서도 사용할 수 있는 랜턴이었다.

"이것저것 바리바리 챙겨서 줬네."

재현은 수중 호흡기를 들고 설명서를 읽어 보았다.

사용법은 매우 간단했다.

호흡기를 입에 물고 버튼을 누르면 호흡이 가능했다.

따로 산소통이 필요 없는 것이기도 했다.

물고기의 아가미와 같은 원리라는데, 상당히 가볍고 휴대하기 용이했다.

재현은 주머니에 수중 호흡기를 넣고 다른 상자를 열어 보았다.

상당한 무게였던 상자였다.

상자를 열어 보니 그 안에는 상자 가득 각종 아이템들이 들어 있었다.

"뭐야, 이거. 뭘 이렇게 많이 주는 거야?"

재현은 아이템들을 일일이 확인해 보았다.

반지, 목걸이, 귀걸이, 팔찌.

그 외에 재현이 입고 있는 티타늄 로브와 비슷하게 생긴 아머를 덧댄 로브였다.

"재현아, 이거…… 전부 매직 아이템이야."

운다인이 상당히 놀란 표정으로 상자를 바라본다.

재현은 뜨악한 표정이다.

"이게 전부 매직 아이템이라고?"

"응. 모두 재현이 착용하고 있는 것들보다 뛰어나."

"……."

재현은 놀라다 못해 경악하기에 이르러 입을 다물지 못

했다.

지원은 해 주겠다고는 들었지만 설마 이렇게 많이 지원해 줄 줄은 예상도 못 했다.

지원해 줘도 몇 개나 해 주겠지 생각했을 뿐이었다.

그런데 발에서부터 머리까지 전부 맞춰 줄 줄은 상상도 못 했다.

재현은 상자 안에 있는 설명서를 읽었다.

지원 품목에 있는 아이템들의 기능들이다.

액세서리는 두 개씩 있었다.

귀걸이는 뇌 속성 공격력을 상승시켜 주는 효과가 있다고 적혀 있었다.

두 개 모두 썬더러와 관련된 것이었다.

파란색 팔찌는 최대 마나의 양을 높여 주고, 마나의 낭비를 막아 준다.

초록색 팔찌는 수 속성 공격력을 증폭시켜 주는 것이었다.

파란색 반지는 초록색 팔찌와 마찬가지로 수 속성 공격력 상승이었다.

목걸이는 착용자의 목숨을 지켜 줄 마법을 사용할 수 있는 기능이 있었다.

하루에 세 번 실드를 사용할 수 있고 저체온증을 막아

주면서 잠수병을 막아 준다고 한다.

마지막으로 재현과 같은 로브형 아머는 해양 몬스터의 비늘로 만든 방어구라고 한다.

구명조끼처럼 물 위로 뜰 수 있게 해 주고, 큰 힘을 들이지 않고 수영할 수 있다고 적혀 있었다.

모두 수중전을 염두해 둔 아이템들이었다.

재현은 놀라서 입을 다물지 못했다.

하나같이 기능이 한 가지씩 들어 있는 어마어마한 아이템들이기 때문이다.

"상급 매직 아이템은 확실히 다르긴 다르구나. 헌터들마다 맞는 장비를 주다니."

입을 다물지 못하는 재현은 장비를 우선적으로 착용했다.

그는 탈의실에 들어가 지원받은 매직 아이템을 전부 착용했다.

귀걸이를 주기에 귀를 뚫어야 하나 걱정했지만 다행히 스티커처럼 붙일 수 있는 것이었다.

힘으로 쉽게 떨어지지 않으면서 착용자가 원하면 뗄 수 있었다.

거기다 귀에 붙였는데도 이질감이 전혀 느껴지지 않았다.

거울을 보지 않으면 잘 붙어 있는지 모를 정도로 제 몸처럼 붙어 있었다.

상급 매직 아이템은 신기한 기능이 참 많은 것 같았다.

"전부 내 사이즈에 맞게 줬네."

손가락 크기부터 옷까지. 자로 잰 듯 사이즈가 딱 맞았다.

"재현아. 착용하니까 어때? 좀 더 강해진 것 같지 않아?"

재현은 고개를 끄덕였다.

"현질이 최고라는 게 뭔지 알게 됐어."

정령력이 증폭되는 것이 느껴졌다.

자세한 수치는 모르겠지만 약 세 배 정도 강해진 기분이었다.

평소보다 충만한 기운에 재현의 얼굴에 미소가 그려졌다.

이 정도면 장시간 싸울 수 있을 것 같았다.

아래부터 위까지 전부 갈아입은 재현이 탈의실에서 나오자 자신과 같은 복장을 한 헌터들이 유독 눈에 띄었다.

헌관위에서 이번에 선별된 헌터들은 얼른 옷을 갈아입고 모여 달라고 재촉하고 있었다.

그는 운다인을 바라보면서 빙그레 웃었다.

"갈까?"

"응!"

Chapter 03
해양 몬스터

재현은 서해안에 출몰한 몬스터들에 대한 설명을 들었다.

현재 어선을 공격하는 몬스터는 통칭 크라켄이라는 몬스터로, 쉽게 말해 문어 몬스터였다.

작은 건 어린아이 정도로, 큰 것은 어선 다섯 개를 합친 크기라고 한다.

이번에 어선을 습격하는 크라켄은 중간 크기 정도.

어선 두 개를 합친 크기이며 그 주위에 포이즌 피라냐들도 함께 있다는 것이다.

크라켄이 어선을 침몰시키고, 주위에 있는 포이즌 피라

냐들이 물에 빠진 인간들을 잡아먹는다는 소리였다.

재현 말고도 다른 헌터들도 즉각 몬스터에 대한 정보를 확인했다.

이름: 크라켄

종류: 문어과

등급: C+

-바다에 사는 해양 몬스터로, 대형 문어에 속한다. 총 여덟 개의 촉수를 가지고 있다. 끈끈하고 강력한 촉수는 힘으로 쉽게 뗄 수 없을 만큼 강력하다. 돌고래를 잡아먹을 만큼 식욕이 왕성하며 다른 소형 몬스터들과 공생한다. (Tip. 뇌 속성 공격에 매우 취약하다.)

이름: 포이즌 피라냐

종류: 피라냐과

등급: E

-바다와 아마존 같은 강줄기에 사는 몬스터이다. 한 개체로는 약하지만 수백 마리씩 무리를 지어 다니며 배고프면 동족조차 잡아먹는다. 주로 대형 몬스터들과 공생을 하는 편이며 마비 독을 가지고 있다. 먹이를 무는 즉시 마비 독을 침투시킨다. 식욕이 매우 왕성하며 녀

석들이 잡아먹는 사냥감은 5분도 되지 않아 뼈밖에 안 남게 된다. (Tip. 뇌 속성 공격에 매우 취약하다.)

'한 녀석은 C+, 다른 한 녀석은 E등급이라…….'

포이즌 피라냐는 별것 아닐 것 같지만 꼭 그렇지는 않다.

개체마다 약할 뿐이지, 수백 마리의 E급 몬스터가 몰려오면 어떤 헌터라도 쉽게 다가가질 못할 테니까.

무엇보다 지금 싸워야 할 곳은 바다였다.

수중에 도움을 주는 장비를 지원해 줬다고 하지만 지상보다 움직임이 매우 제한된다는 것은 변함이 없었다.

바다에 빠지지 않는 것이 이번 사냥의 핵심이었다.

크라켄을 가장 조심해야 할 것 같았다.

헌관위에서 나온 요원은 아직 식별되지 않은 몬스터들이 있을 수 있으니 주의하라는 말을 남겼다.

그들을 항구에 정박해 있는 배로 안내했다.

이곳에 모인 헌터는 총 백여 명.

꽤 많은 수가 선발되었다.

1번부터 5번까지 총 다섯 척의 배가 정박해 있었다.

스무 명씩 한 척의 배에 나눠서 올라탔다.

힘의 균형을 위해 짜여진 조원들끼리 배에 올라탄다.

재현은 4번 배에 올라탔다.

"출항!"

헌관위에서 파견된 요원들은 조타를 잡고 배를 몰았다.

같이 승선한 헌터들은 자신의 장비를 점검하기 시작했다.

배들은 일정한 거리를 유지한 채 바다로 향했다.

그렇게 한참을 이동해 서해안 바다 한가운데에 도착한 배들.

꽤 멀리 나온 덕분에 육지가 흐릿하게 보였다.

뱃멀미를 한 명쯤 할 법도 한데 멀미를 하는 사람이 없었다.

출항 전 헌관위 요원 중 한 명이 건넨 멀미약을 미리 먹어 둔 덕분이다.

효능이 꽤 좋은 모양이다.

몬스터들의 출현에 항해를 통제하고 있어 어선은 일체 보이지 않았다.

헌터들은 각자 가지고 있는 킵보이로 몬스터의 반응을 살피고 있었다.

"몬스터들이 접근하고 있다!"

가장 앞서가고 있던 1번 배에서 반응이 먼저 온 듯, 뒤에 있는 배들에게 몬스터의 접근을 미리 알렸다.

그 외침에 배들이 일제히 멈춰 서고 진형을 갖추었다.

재현의 눈에 물길이 불규칙적으로 이쪽으로 향해 오는 것을 확인할 수 있었다.

촤아악!

쿵! 쿵! 쿵!

몬스터들이 배를 덮쳐 왔다. 바닷물이 갑판 위까지 튀어 오르며 요란스러운 소리가 들려왔다.

몬스터들이 배를 향해 몸통으로 부딪쳐 온 것이다.

살짝 기울어지는가 싶었지만 다행히 옆으로 넘어간 배는 없었다. 재현이 난간을 붙잡고 바다로 머리를 내밀려고 할 때였다.

"바다에 머리를 내밀지 마시고 난간에서 떨어지세요!"

해양 몬스터에 익숙한 헌터들이 배마다 한 명쯤 타고 있는데, 4번 배에 타고 있던 헌터가 그리 소리쳤다.

재현은 말을 듣고 바다로 내밀려고 했던 머리를 뒤로 빼고, 난간에서 멀어졌다.

곧 포이즌 피라냐가 물 위에 통통 튀어 올랐다.

몇몇은 바다 위를 통통 튀어 올랐다가 배 갑판에 떨어지기도 했다.

어떻게 된 건지 바다를 살펴봤다가 얼굴을 물어뜯길 뻔했다.

"재현아, 난간에 뭔가가 달라붙은 채 올라오고 있어!"

운다인이 손이 향한 곳으로 재현의 시선이 함께 이동한다.

난간에 촉수가 붙어 꼬물꼬물 움직이고 있었다.

"크라켄이다! 녀석들이 배를 침몰시키려 하고 있다!"

움직임이 다급해졌다. 헌터들은 난간에 달라붙은 촉수를 떼어 내려고 안간힘을 썼다. 칼을 이용해 잘라 버리거나 전격을 주로 쓰는 헌터도 있었다.

또 다른 이는 빙계 초능력자인지 바다를 일부 얼려 녀석들이 바다 위로 올라오지 못하도록 막았다.

"운다인, 떨어뜨려!"

운다인이 고개를 끄덕이며 바닷물을 끌어올려 수분을 모았다.

주위에 넘치는 것이 물이기 때문인지, 매직 아이템으로 도배한 덕분인지 모르겠지만, 정령력의 소모도 그렇게 크지 않았다.

다른 헌터들도 난간에 달라붙은 몬스터를 떨어뜨리는데 집중했다.

개체를 보니 작은 녀석 같은데, 여럿이서 뭉쳐 다니고 있었다.

한 마리면 괜찮을지 몰라도, 여러 마리가 동시에 올라

와 배를 침몰시키려고 하는 것 같았다.

"썬더러, 나와!"

재현은 썬더러를 불러냈다. 정령계에 있던 썬더러는 갑자기 불러들인 것에 당황하지 않고 전투 의지를 불태웠다.

"썬더러, 바다에 라이트닝 차징!"

푸른색 섬광이 눈 깜짝할 사이에 바다에 작렬했다.

포이즌 피라냐 몇 마리가 바다 위로 둥둥 떠올랐지만 이것으로 부족하다고 느꼈다.

"라이트닝 볼!"

이번에는 라이트닝 볼을 사용했다. 고압전류가 바다에 지속적으로 작렬했다.

강렬한 전류가 계속 가해지니 바다 위로 떠오르는 녀석들이 많아졌다.

다른 배들도 전격 능력자들이 재현처럼 바다를 향해 전류를 가하고 있었다.

그렇게 난간에 붙어 있던 크라켄 녀석들도 전부 바다 위로 둥둥 떠오르고 다들 하하 웃기 시작했다.

"뭐야, 해양 몬스터들도 별것 아니네."

"괜히 쫄았잖아."

선발된 헌터들 과반수가 해양 몬스터를 처음 잡아보는 자들이었다.

그들은 기세등등한 표정으로 그물과 뜰채를 이용해 몬스터들을 건져 올리기 시작했다.

어떤 배 할 것 없이 조금이라도 더 많이 건네려고 하고 있었다.

몬스터를 마음대로 해도 된다는 것이 유효하기 때문이다.

배 한 척마다 스무 명은 파티를 이루고 있으니 나중에 균등하게 분배되겠지만 조금이라도 더 건져야 이윤이 생긴다.

양심상 자신이 잡은 몬스터들을 건지는 게 맞겠으나, 아무렇게나 뒤섞여 난잡하게 둥둥 떠다니는 몬스터를 누가 잡았는지 알 방법이 없었다.

그렇기에 하나라도 더 건지려고 극성이었다.

물을 조종하는 능력자들은 몬스터들을 바닷물과 함께 건져 올리기도 했다.

재현도 이대로 지고 있을 수는 없었다.

"운다인. 싹 쓸어 담자!"

"응!"

재현은 다른 배 근처에 있는 몬스터들을 몰래몰래 빼돌리며 건져 올렸다.

*　　*　　*

첫 교전인데 별다른 피해도 없이 꽤 많은 양의 몬스터를 잡아내자 헌터들의 사기가 상승했다.

처음으로 해양 몬스터를 잡아보는 사람들이 과반수인데 첫 사냥치고 아무런 피해도 없이 수익이 꽤 됐기 때문이다.

크라켄은 상당히 어린 녀석이었다.

새끼 크라켄이라고 하는데 어린아이만 한 덩치였다.

이게 새끼라면 완전히 성장한 녀석은 얼마나 클지 감이 잡히지도 않는다.

얘기는 대충 들었지만 쉽게 상상이 되지 않는 것도 무리는 아니었다.

다른 배들도 꽤 많은 몬스터들을 포획하여 기분이 들뜬 상태였다.

첫 항해를 나가 긴장이 다 풀어지고 사라졌다.

모르는 사람들이지만 서로 마음에 맞는 사람들끼리 금방 친해졌다.

재현 같은 경우에는 딱히 누군가와 많이 친해지지 않았지만 이름이나 얼굴 정도는 알 정도로 안면을 익혀 두었다.

몬스터 소탕은 내일도 있다고 하니 미리 준비하기로 했다.

재현은 따로 숙소에 도착하고 매직 아이템들을 전부 벗었다.

정령력을 증폭시켜 주는 매직 아이템들을 벗어 내자 힘이 쭉 빠져나가는 것이 느껴진다.

"얘들아 나와."

재현은 운다인과 썬더러 말고도 메타리엔과 노움도 소환해 냈다. 다들 소환되어서 노느라 정신이 없었다.

운다인과 메타리엔은 정령계에서 따로 화해를 한 덕분에 예전에 있던 일은 잊은 지 오래였다.

운다인의 몸은 성장했어도 정령들이랑 똑같이 노는 걸 보니 예나 지금이나 똑같은 모양이다.

그 모습을 보며 재현은 피식 웃은 채 가부좌를 틀었다.

처음에 가부좌를 틀 때 불편하고 다리가 저렸는데 지금은 익숙해져서 오히려 편하게 느껴졌다.

그에게 지금 당장 급한 것은 수련이다.

현재는 매직 아이템 덕분에 별다른 힘을 들이지 않았다.

하지만 마냥 매직 아이템에만 의존할 수는 없었다.

재현은 스스로 강해져야 된다고 생각하고 있었다.

매직 아이템은 오직 보조 수단일 뿐이다.

전투 중 매직 아이템이 파괴되는 경우도 허다하다.

수명이 다 되어서 일수도 있고, 전투 도중 망가지는 경우도 있다.

이유는 가지각색이다.

매직 아이템에만 의존하다가 그런 상황이 닥치면 아무것도 못 할 수도 있다.

그 상황에서 벗어나기 위해서는 단 한 가지 방법이 있다.

매직 아이템에 의존하지 않아도 될 정도로 스스로 강해지면 되는 것이다.

뭔가에 의지하면 의지할수록 좋지 않다는 걸 잘 안다.

재현은 자신 스스로가 정령사이기 때문에 정령에 의지하는 것이 클 수밖에 없지만 때때로 근력 운동도 열심히 했다.

최근에는 실전 검도나 태권도 학원에 다니기 시작했다.

옛날에 복싱이나 유도를 배우긴 했지만 지금은 더 많은 것을 배우고 있었다.

정령들이 도와주지 못할 때를 대비하는 것이다.

정령들이 주위에 없고, 자신만 있는 상황에서 위기에 빠지면 스스로 그 위기를 극복하는 방법밖에 없다.

수습 헌터 때도 이미 배운 상황이다.

자신의 능력을 너무 믿지 말라고.

능력을 사용하지 못할 때 몬스터를 마주하게 되면 오직 자신의 힘으로 빠져나와야 하니 스스로 단련하라고.

대체로 오랜 경험이 쌓이다 보면 자신의 힘을 과신해 초심을 잃기 마련이다.

재현은 초심을 잃지 않기 위해 수련을 게을리하지 않는 것이다.

'나를 발전시키자. 그리고 매직 아이템에 의존하지 않아도 될 정도로 강해지는 거야.'

지금 당장은 어쩔 수 없지만 되도록 매직 아이템에 의존하지 않아도 될 정도로 강해지는 것이 재현의 목표였다.

매직 아이템에 의존하지 않아도 될 정도로 강해지면 그만큼 돈이 더 안 든다는 생각도 가지고 있었다.

한창 그렇게 명상에 빠져 있는데, 누군가 그의 어깨를 톡톡 쳤다.

정신이 다시 현실로 돌아와 눈을 떠보니 운다인이 시끄럽게 울어 대는 휴대폰을 들고 있었다.

"재현아, 전화 왔어."

"고마워."

누구한테 온 것인지 확인해 보니 윤정이었다. 영상통화로 왔다. 그는 전화를 받으며 손을 흔들었다.

"자기야. 무슨 일이야?"

[오빠, 지금 서해안에 있어?]

"응, 지금 서해안이야. ……근데 어떻게 알았어?"

워낙 급하게 진행된 것이라서 윤정에게 서해안에 간다는 사실을 말하는 걸 깜빡하고 있었다.

자신이 말했었나 기억을 되짚어 보았지만 없었다. 문자로 은연중 말했나 생각했지만 윤정의 입에서 나온 건 뜻밖의 말이었다.

[오빠 얼굴 뉴스에 나왔더라고.]

"뭐?"

[오빠 얼굴 클로즈업돼서 나왔는데. 봐 봐.]

윤정이 영상통화를 한 이유가 있었다. 그녀는 TV를 향해 카메라를 돌려주었다.

서해안에 출몰한 해양 몬스터를 잡기 위해 선발된 헌터들이 성공적으로 첫 사냥을 끝냈다는 내용이다.

화면에는 항구로 돌아오는 배가 나오고 있었고, 곧 운다인과 바다를 보는 자신이 비춰졌다.

"크, 큰일 났다."

[그러게. 오빠 이제 유명인사 다 됐네.]

"그게 아니라 난 가족들에게 헌터라는 것을 비밀로 하고 있었다는 거 알잖아."

[아…….]

윤정도 재현의 사정을 잘 알고 있다.

가족들에게 비밀로 하고 헌터 일을 하고 있다는 건 처음 만났을 때 얘기해 주었던 일이기도 했다.

[오빠, 어떻게 하게? 어머님이 금방 아실 텐데?]

"끙……."

재현은 앓는 소리를 했다. 이건 빼도 박도 못 할 상황이었다.

"아오, 그놈의 기자들. 내 허락 없이 클로즈업하고."

초상권 침해로 아예 신고해 버릴까 생각했지만 그런다고 엎질러진 물은 도로 담을 수 없었다.

이를 어떻게 설명해야 하나 또 난감해진다.

'보급을 해 주는 비전투원이라고 해도 안 믿겠지?'

비전투원이 굳이 배를 타고 나갈 이유도 없었다.

무엇보다 뉴스에서는 헌터들이 사냥을 하고 돌아왔다고 했다.

거짓말로 또 일관할까 생각도 했지만, 설득력은 별로 없을 것 같았다.

"결국 사실대로 다 말해야 하나……."

뉴스를 못 보고 지나치면 상관없을 수 있다.

하지만 친척이나 이웃 사람들이 자신이 뉴스에 나온 것

을 알면 분명 어머니께 전화할 것이다.

지혜가 의외로 발이 넓어 사람들이 많았다.

[빼도 박도 못하는 상황이라면 사실대로 말하는 게 가장 좋을 것 같아. 어머님이 걱정하시겠지만 계속 거짓말할 수는 없는 일이었잖아.]

"……그래."

그래, 분명 언젠가는 들킬 일이었지만 언제 들통 날지 예상을 못 했을 뿐이다.

그것이 오늘이라고 생각했다.

"자기야. 일단 어머니께 먼저 통화하고 전화할게."

[응, 알았어. 어머님도 분명 이해해 주실 거야.]

"누나는 이해해 주지 못할 것 같지만."

재현은 씁쓸하게 웃으며 통화를 마쳤다. 그리고 통화를 끊기 무섭게 벨소리가 울렸다.

누구에게서 왔는지 액정을 바라보자 익숙한 번호가 떠 있었다.

어머니였다.

"……."

역시 뉴스를 봤구나.

드디어 올 것이 왔다고 생각하며 재현은 심호흡을 하며 전화를 받았다.

아들을 걱정하고 있을 어머니에게 이제 사실대로 털어 놓을 때가 된 것이다.

* * *

재현이 보태 준 돈으로 무사히 레스토랑이 오픈되었고, 손님도 자주 찾아오게 되었다.

분위기 있고, 전망 좋은 곳에 레스토랑을 차리니 손님들이 많이 찾아왔다.

사람들이 오는 시간은 주로 저녁이기에 오후 다섯 시나 되어야 가게를 열었다.

그 전까지는 집에서 쉬는 것이 전부다.

방송에서 예능 프로그램을 재방송으로 하고 있기에 지혜랑 웃으며 보고 있던 재희는 또다시 뉴스 특보가 뜨자 인상을 찡그렸다.

"저놈의 뉴스 특보. 어휴. 한창 재밌게 보고 있었는데 맥이 다 빠지네. 그냥 8시나 9시에 뉴스 할 때 보도하면 안 되나?"

재희가 툴툴거리자 옆에 있던 지혜가 다그치듯이 말했다.

"몬스터 준동만큼은 아니지만 심각한 일이잖니. 인터

넷도 이 일 때문에 떠들썩한데. 이해해 주자꾸나."

재희는 어머니의 말은 이해하지만 그래도 툴툴거리는 건 멈추지 않았다.

지혜는 호호 웃으며 뉴스를 시청했다.

[오늘 오후 12시 27분. 헌터들이 배를 타고 바다로 이동했습니다. 한 시간 반을 타고 이동한 그들은 2시 4분에 몬스터들과 교전을 치렀습니다.]

뉴스는 선발된 헌터들이 배를 타고 나가 성공적으로 돌아왔다고 설명하고 있었다.

헬리콥터 위에서 기자들이 전투하는 모습을 생생하게 내보내고 있었다.

헌터들이 직접적으로 전투를 하는 모습을 뉴스로 내보내는 건 이번이 처음 있는 일이었다.

재희와 지혜는 신기한 듯 이를 바라보고 있었다.

물을 허공에 띄우고, 손에서 전기가 튀어나오고.

한여름의 바닷물을 순식간에 얼려 버리고. 신기하다는 듯 바라본다.

헌터들은 처음에 당황하는 모습을 보였지만 곧 몬스터들을 학살하다시피 사냥하기 시작했다.

편집해서 짧게 내보냈지만 뇌리에 강하게 남았다.

"저래서 헌터들에게 함부로 까불면 안 된다고 하는 거

였구나."

간혹 헌터들에게 깝죽대다가 탈탈 털렸다는 이들을 인터넷에서 본 적이 있는데, 왜 그런지 이번에 확실하게 알 것 같았다.

[이 화면은 헌터들이 항구로 복귀하는 영상인데요, 저기 보이시는 옷들은 정부에서 수중전을 염두에 두고 헌터들에게 지원한 장비라고 합니다.]

깔맞춤을 한 것처럼 같은 옷들을 입고 있는 헌터들. 배 안에서 다들 웃고 떠들며 여유로운 표정인 와중 한 사람이 화면에 잡혔다.

"……어?"

순간 재희와 지혜의 얼굴이 굳어졌다. 약 5초 동안 클로즈업되어 나온 남성 때문이었다.

"엄마, 방금 봤어?"

"분명 재현이 아니었니?"

"……."

"……."

말없이 서로를 응시하는 그녀들.

화면은 계속 반복해서 보여 주었다.

다시 TV가 뚫어지도록 바라보는 둘.

재희는 혹시나 싶어서 사진을 찍을 준비를 했다.

곧 자신들이 봤던 남성의 모습이 나타났다.

재희는 사진을 여러 장 찍었다.

화면이 다시 바뀌고, 이번에 그들의 시선은 휴대폰으로 향했다.

그녀들은 방금 전 TV에 나온 남자가 자신이 알고 있는 박재현이 맞는지 바라보았다.

닮은 사람일 수도 있으니까. 하지만 아무리 봐도 박재현이다.

아들과 동생이다.

재현은 헌터들과 다를 바 없는 복장으로 배에 타고 있었다.

"설마 이 녀석…… 비전투원이라고 속이고 사실 헌터였던 거 아냐?"

"……."

지혜는 조용히 어딘가로 전화를 걸었다. 전화를 거는 상대는 다름이 아닌 자신의 아들이었다.

수신음이 가고, 곧 재현의 목소리가 들려왔다.

* * *

"여, 여보세요?"

재현은 좀 떨리는 목소리로 전화를 받았다.

심호흡을 했어도 목소리의 떨림은 완전히 감출 수 없었다.

[재현아. 방금 TV를 봤는데…… 말이다. 혹시나 싶지만 그거 너니?]

[야, 박재현. 거짓말 칠 생각하지 말고 사실대로 다 불어. 지금 사진 다 찍어 놓았으니까.]

어머니의 말 다음에는 누나의 추궁하는 목소리다.

재현은 한숨을 푹 내쉬었다.

결국 다 본 것이다.

더 이상 속이기는 글렀다.

물론 헌터에 대해 잘 모르는 어머니와 누나다.

속인다면 속일 수 있지만 조금만 조사해도 다 들통 날 일이다.

가족에게 더 이상 거짓말을 하고 싶지 않았다.

"사실대로 말할게요."

재현은 숨을 고르기 위해 잠깐 말을 끊은 후, 이어서 말했다.

"저 비전투원이 아니라 정부에서 정식으로 인정한 헌터예요."

[…….]

수화기 너머가 조용하다.

재현은 지혜가 다시 말할 때까지 기다려 주었다.

아들이 위험한 헌터 일을 정식으로 하고 있다는데 당연히 생각을 정리할 시간을 줘야 한다고 생각했다.

[언제부터 헌터가 된 거니?]

“작년부터요.”

[그럼 설악산에 갔을 때도 헌터라서 간 거니?]

“……예.”

지혜의 말에는 걱정이 가득했다.

재현은 잘못한 아이처럼 목소리가 잔뜩 풀이 죽어 있었다.

[지금껏 말하지 않은 건 엄마와 재희가 걱정할까 봐 그런 거니?]

“예.”

아들이 사람을 잡아먹는 몬스터를 퇴치하는 헌터 일을 한다고 좋아할 사람이 얼마나 있겠는가.

돈을 많이 버는 것 이전에 생명과 직결된 일을 하고 있으니 당연히 걱정하고 것이다.

[부수입이 따로 있었다 해도 그렇게 많은 돈을 매달 보내는 게 이해되지 않았는데 헌터라서 그런 거였구나.]

“……예.”

헌터가 돈을 얼마나 많이 버는지는 개개인마다 다르지만, 아무리 못 버는 헌터라도 정규직들보다 많이 번다.

재현은 포션이나 장비를 거의 사지 않았기 때문에 돈이 많이 나갈 일도 없었다.

생활비 외에는 나갈 일도 거의 없다 보니 가족들에게 돈을 많이 보낼 수 있었다.

[솔직히 헌터를 관리하는 쪽은 잘 몰라서 그렇구나하고 넘어갔는데.]

이번에 들려온 건 재희의 목소리다.

[뭔가 뒤통수 맞은 기분이야.]

"……누나 화났어?"

[그럼 화 안 나겠니? 동생이 위험한 일을 하고 있다는데.]

재희의 언성이 높아졌다. 확실히 화가 잔뜩 난 것 같았다. 전화는 다시 지혜가 받았다.

[당장 그 일 그만둬.]

"……."

평소 재현의 모든 일을 지지하던 지혜지만, 이번만큼은 용납하지 못하겠다는 듯 단호했다.

"어머니……."

[타협은 없어.]

지혜가 이렇게 단호하게 말한 적은 단 한 번도 없었다. 엇나가는 방향이 아닌 한 무조건적인 지지를 보냈던 그녀다.

아들이 뭘 하고 싶다고 하면 하라고 했던 어머니다.

보수적인 면을 보였던 아버지와 다르게 그녀는 자식들이 하고 싶은 것을 마음껏 하라고 해 주었던 어머니였다.

하지만 이번에는 결단코 말리겠다는 의지를 보였다.

마음이 약해진다. 하지만 또 포기하고 싶지 않았다. 그때 재희의 목소리가 수화기 너머로 들려왔다.

[엄마. 재현이가 이걸로 포기하겠어? 엄마도 재현이 똥고집 하나는 알잖아.]

역시 자신을 키우다시피 돌본 누나다웠다.

재희는 재현의 성격을 아주 잘 알고 있었다.

그녀의 말대로 가족들이 헌터 일을 그만하라고 해도 그만둘 생각이 없었다.

이것은 윤정이 득달해도 마찬가지였다.

재현에게 있어 헌터는 쭉 하고 싶은 것 중 하나다.

확실히 위험한 일이다.

실제로 몬스터들과 싸우다 죽은 사람도 많이 보았다. 또 재현도 죽음의 위기를 넘긴 적도 있다.

그럼에도 포기하기 싫었다.

돈?

아니다.

확실히 돈을 많이 벌어 좋긴 하지만 그것이 이유는 아니었다.

헌터(Hunter).

이 두 글자는 결코 포기하기 싫었다.

이 직업 자체를 자신이 할 수 있을 때까지 하고 싶었다.

많은 생각을 하게 되고 자신을 성장해 나가게 해 주는 직업이라고 생각하고 있었다.

자신의 존재를 수양해 나간다고 해야 할까?

헌터란 직업을 하지 않아도 정령들과 계약은 유효하고, 스스로의 수련으로 강해질 수 있다. 허나 이것은 별개의 문제다.

재현은 헌터란 직업 자체가 적성에 맞다고 스스로 생각하고 있는 것이다.

자신의 능력을 인정해 주고, 또 자신의 한계가 어디인지 알 수 있는 곳이 헌터계이다.

재현은 이곳이 좋다.

할 수 있을 때까지 헌터를 계속 하고 싶었다.

[재현아, 난 네가 무엇을 하든 응원할게.]

[재희야.]

다그치려는 지혜와 자신을 응원한다는 재희.

재현은 재희의 말을 듣고 약해지려는 마음이 다시 돌아왔다. 오히려 그 어떤 때보다 단단해졌다.

하고 싶은 일이고, 자신이 어디까지 올라갈 수 있는지 확인해 보고 싶다.

한계가 느껴지고 더는 못 하겠다고 생각할 때 포기해도 늦지 않는다.

헌터는 은퇴하겠다고 하면 언제든 할 수 있는 곳이기 때문이다.

"어머니. 확실하게 말할게요."

재현은 각오를 다진다. 지혜는 타협하지 않겠다고 했다. 하지만 재현도 마찬가지다. 타협하지 않는다.

"전 계속 헌터를 할 거예요. 제가 하고 있는 일이기도 하고 제 길이라고 느끼고 있어요."

[재현아.]

어머니께 걱정을 안길 수 있지만, 자신이 생각한 바가 있고 도전하는 길이다.

아버지가 살아계셨다면 지혜처럼 말렸을 수도 있다. 하지만 아버지의 똥고집을 물려받은 재현이다.

한번 고집을 부리면 완전히 납득하기 전까지는 절대 굽히지 않는다.

지혜의 목소리가 줄어들고 침묵했다.

[엄마도 이제 포기해. 재현이를 믿자. 응? 재현이가 누구 아들인데. 잘 해내겠지. 안 그래?]

자신을 믿어 주는 재희가 이럴 때 매우 고마웠다.

재희도 지혜처럼 말렸어도 마음이 꺾이지는 않았겠지만 그래도 전보다 약해졌을 것이다. 자신의 의지를 더욱 굳건하게 해 주는 재희.

누나란 존재가 이렇게 고마울 수 없었다.

[……그래, 대신 재현아. 대신 위험한 일은 피하도록 해라.]

자식이기는 부모 없다고. 지혜도 결국 재현을 믿어보기로 한 것 같았다.

어렸을 때부터 재현은 저 특유의 고집을 꺾기 힘들었다.

자신이 생각한 것은 반드시 이루고야 마는 성격이기 때문에 자신이 옳다고 믿는 건 계속 밀고 나가는 경향이 있다.

지금까지 나쁘게 나간 적은 없지만 앞으로도 그러지 말라는 법은 없다.

자식을 걱정하는 마음은 부모라면 다 같았다.

"걱정 마세요. 위험한 일은 피하고 다니니까요."

[해양 몬스터 소탕에 선발된 거지? 듣기로는 꽤 어려운

곳이라고 하는데 괜찮니?]

"저 사실 중급 헌터예요. 걱정 마세요. 헌터계에서도 나름 인정해 주는 위치니까요."

[중급 헌터? 1년 만에?]

"최단 기간까지는 아니지만 꽤 빠르게 진급했어요. 이래 봬도 저 꽤 능력자라고요."

농담같이 말했지만 사실이기도 해 괜히 부끄러워지는 재현이었다. 대놓고 자기 얼굴에 금칠을 하니 당연한 일이다.

재희는 호호 웃었다.

[그래. 누구 아들인데, 엄마. 똑 부러지게 행동하겠지. 근데 재현아. 정말 위험한 일 있으면 꼴사납다고 해도 도망쳐야 돼. 알았지?]

"헌터계에서 자존심 지킨다고 위험을 무릅 쓰는 건 멍청한 짓이라고 욕먹어. 우리도 사는 게 목적이거든."

돈보다 생명이 우선인 법.

돈을 왕창 벌어 봤자 죽으면 말짱 꽝이다.

그는 돈을 벌겠다고 생명을 건 위험한 도박을 하는 걸 어리석게 생각한다.

실제로 돈에 눈이 멀어 도박을 하다가 죽는 이들도 꽤 되었다.

재현은 자신의 생명을 걸고 도박을 할 정도로 어리석지 않다.

위험하면 일단 물러설 줄 아는 사람이었다. 그것이 꼴사납더라도 신경 안 쓴다.

죽지 않고 살아 있으면 기회는 언제든 열려 있으니까.

강한 자가 이기는 게 아니고 오래 산 자가 이기는 법이라고 했다.

그 말은 헌터계에서도 크게 적용하는 말이다.

Chapter 04
크라켄의 역습

해양 몬스터가 출몰한 지 한 달이 지났다.

사냥은 순조롭게 진행되었고, 개체 수가 확연히 줄어들어 어선들이 피해를 받는 일이 없어졌다.

하지만 서해안 어딘가에 여전히 몬스터들이 서식하고 있어 헌터들은 아직도 철수하지 않고 소탕 작전을 진행 중이었다.

헌터 몇 명이 부주의로 바다에 빠져 다치기도 했다.

다행이라면 사망자는 아직까지 없다는 것뿐이다.

처음에는 어느 정도 피해를 각오하고 있었지만 지금까지 그다지 큰 피해를 입지 않았다.

덕분에 한 달 전에는 심각했던 일이 지금은 그냥 무난하게 흘러가고 있는 분위기였다.

기자들의 수가 확연히 줄어든 것이 이를 반증하고 있는 것이다.

헌관위에서는 아직 소탕을 완료한 게 아니라고 발표했다.

처음 등장했던 자이언트 크라켄을 소탕하지 못했다는 이유다.

녀석이 서해안의 몬스터들을 이끄는 대장이라고 위에서는 판단했지만 아무리 수색해도 녀석은 보이지 않았다.

다른 곳으로 이동한 것이 아닌가 했지만 그마저도 장담할 수 없는 상황.

만일의 경우가 있으니 수색을 계속 진행하겠다고 발표했다.

사람들의 머릿속에서 벌써 지워지고 있었지만 선발된 헌터들은 현재진행형이다.

자이언트 크라켄이 한국 영해에서 빠져나갔으면 작전은 종료되는 것이다. 하지만 여전히 남아 있다면 소탕될 때까지 진행된다.

계속 바다에 나가 사냥만 할 수는 없는 노릇이기 때문에 중간에 다른 헌터들과 교대가 되겠지만 다시 금방 자신의 차례가 올 것이다.

"이제 바다 보는 것도 질리네."

오늘의 해양 몬스터 사냥을 마치고 돌아오는 길이다.

헌터들은 잔뜩 지친 듯 퀭한 얼굴로 육지에 발을 디뎠다.

반대로 운다인은 편안하게 느끼고 있었지만, 재현은 이제 바다를 보는 게 질렸다.

자신이 살면서 이렇게 바다를 오랫동안 보는 건 처음이었다. 자기 전에 보는 것도 바다요, 일어나서 보는 것도 바다요, 일하러 나갈 때 향하는 곳도 바다요.

그놈의 바다, 바다, 바다!

자신이 살면서 바다를 이렇게 많이 볼 줄은 몰랐다.

이제 바닷물도 지겹고, 바다에서 불어오는 냄새도 지겹다.

그냥 바다를 보는 것 자체가 지겹다.

확실히 바다에 나오니 물과 친해질 수밖에 없어 정령력이 더 늘어나는 기분이긴 했지만 바다에 나가는 것 자체가 질렸다.

처음에는 괜찮았지만 시간이 지날수록 해양 몬스터의 수가 줄어들어 잡아들이는 수도 적어지고 허탕을 칠 때가 많았기 때문이다.

이제 어떻게든 시간을 때우는 일로만 가득하다.

운다인에게 미안하지만 나중에 집에 돌아가면 일 년 동안 바다는 안 볼 거라고 마음속 깊이 다짐했다.

이제 헌터들도 바다에 익숙해질 대로 익숙해져서 긴장감

이 완전히 풀린 상태였다.

재현은 숙소로 향해 침대에 털썩 누웠다.

지상 몬스터들이 이렇게 그리운 적이 없었다.

지상에서는 그나마 열심히 돌아다녀야 하기 때문에 육체는 지치지만 심심한 일은 없었다.

바다는 배를 타고 이동해야 하기 때문에 몬스터가 출몰하기 전까지는 거의 움직이지 않는다.

움직이지 않으니 당연히 심심할 수밖에 없었고, 지루한 게 컸다.

육체적으로 힘든 것보다 정신적으로 힘들다.

차라리 육체가 힘들면 좀 쉬면 괜찮으련만, 정신적으로 힘든 건 자신의 스타일이 아니었다.

"내가 왜 이런 일을 수락했을까."

뒤늦게 후회했지만 이미 한참 늦은 상황.

그나마 다행이라면 의뢰금이 주마다 통장으로 들어온다는 것이다.

일반 회사원 월급보다 많긴 하지만 사냥하는 것보다 한참 못 미치는 돈을 준다.

조금씩이라도 몬스터들을 사냥해서 벌어들이는 수익으로 나름대로 만족하고 있지만 허탕을 치는 날이 늘어 가고 있는 걸 생각하면 적자는 분명하다.

그는 숙소에 도착하기 무섭게 정령들을 소환하고 침대에 드러누웠다.

정령들이 재현의 배 위에서 방방에 탄 것처럼 뛰어놀았다. 썬더러와 노움이 뛸 때마다 자고 있는 메타리엔이 통통 튀어 올랐다.

이 정도면 깰 법도 한데 메타리엔은 여전히 눈을 감은 채 잠에 빠져들어 있었다.

운다인은 재현의 오른팔을 베고 누우며 그의 머리카락을 가지고 장난을 쳤다.

아무래도 덩치가 커져 운디네였을 때처럼 뛰놀지는 못했지만 어떻게든 다른 정령들과 어울려 놀았다. 정령들이 뛰노는 모습을 보니 절로 얼굴에 미소가 그려졌다.

"재현이도 같이 놀자."

썬더러가 같이 놀자고 졸라 댔다.

그는 피식 웃었다.

"그럴까? 뭐하고 놀까?"

역시 이 녀석들을 보면 피로가 싹 가시는 것 같았다.

이렇게 오랫동안 바다에 나와서 지낼 수 있던 것은 모두 다 이 애들 덕분이라고 재현은 자신 있게 말할 수 있었다.

* * *

어두운 바다.

새벽에 출항한 어선들은 그물을 건져 올리고 있었다.

보름달이 무색하게 밤바다를 밝히는 전등.

어부들은 그 불빛에 의존하며 일을 진행했다.

헌터들이 힘을 내준 덕분에 몬스터들의 습격을 안 받게 되었다.

양식의 피해는 일부 있었지만 그래도 조기에 소탕해 준 덕분에 이렇게 나와서 일을 하게 된 것이다.

그래도 완전히 소탕한 것이 아니라는 헌관위의 말이 있었기에 어부들은 바다에 나왔어도 불안했다.

가끔 그물에 몬스터들이 잡혀 오는 경우도 있기 때문이다.

"아이고. 오늘도 그리 시원치 않구먼."

선장은 그물에 잡힌 물고기들을 보며 한숨을 푹 내쉬었다. 오늘도 한껏 기대하고 나왔지만 시원찮았기 때문이다.

아직 몬스터들이 바다에 있기 때문에 그물이 찢어져 있었다.

안 그래도 잡힌 물고기들을 몬스터들이 뜯어먹는 데 그물이 찢어져 있으니 잡힌 것도 다 도망간 탓이다.

그물에 걸린 것 중 일부는 뼈밖에 안 남은 것도 있었다.

"만선은 기대도 안 했지만 이건 너무한 거 아니어요?"

어부들도 한숨을 푹 내쉬었다. 이렇게 시원찮게 잡히지 않는 일도 어부로 살면서 몇 되지 않았기 때문이다.

“별 수 있남. 하여간 그놈의 몬스터가 문제지.”

“바다로 나와도 문제, 안 나와도 문제구먼.”

“오늘도 황이니까 후딱 끝내고 소주나 한잔 하자고.”

“선장님이 사시는 거라면 열심히 해야죠. 하하하!”

선장의 말에 어부들이 힘을 얻고 그물을 힘차게 걷어 올린다. 이렇게 소소하게 즐길 거리가 있어야 어부들도 힘을 낼 수 있는 법이다.

그렇게 그물을 다 걷어 올리고 이제 항구로 돌아가기 위해 선장이 조타를 잡았을 때였다.

“선장님. 저기에 물 흐름이 이상한데요?”

“뭐가?”

이번에 새로 들어온 신입이다.

한때 중소기업을 운영해 본 사장이라고 하는데 회사가 부도가 나고 형편이 어려워져 이곳까지 내려와 어부가 된 이었다.

어선에 승선한 것도 처음이라 아는 것보다 모르는 것이 더 많았다.

“아무튼 이상해요.”

선장은 조명을 어부가 가리킨 곳으로 향했다. 조명을 향하자 정말 물결이 이상하게 이동하고 있었다.

자연스러운 물결이 아니라 뭔가가 이동하고 있는 것 같았다. 거기다 그 물결은 이쪽을 향해 빠르게 다가오고 있었다.

선장은 몇십 년간 바다에 나온 바다 사나이답게 그 물결이 뭔지 바로 알아챘다.

"모, 몬스터다!"

선장의 외침과 동시에 물기둥이 튀어 올랐다. 거대한 촉수가 순식간에 어선을 둘러쌌다.

"으아아아악!"

어부들의 비명과 함께 순식간에 어선이 어둠으로 짙게 내려앉은 바다 깊숙이 빨려 들어갔다.

조용한 새벽 바다의 적막이 다시 깨졌다.

*　　*　　*

바다의 적막이 깨지자 철수했던 기자들이 다시 취재를 위해 서해안에 몰려들었다.

재현은 항구로 들어오는 파괴된 어선을 바라보았다.

심각한 정도가 아니라 반 토막이 난 채 배였다는 것도 알아보기 힘든 것이 들어왔다.

그것이 한 척도 아니고 여러 척 되었다.

그 난리통에서 살아 돌아온 어선의 선장과 어부들은 무슨 몬스터가 나타났었는지 증언했다.

자이언트 크라켄.

자이언트 크라켄이 나타나 순식간에 어선들을 붙잡고 바다 아래로 끌어 내렸다는 것이다.

몬스터들이 꽤 소탕되어 잠잠했던 바다가 다시금 소란스러워졌다.

모든 정황을 들어 봤을 때 자이언트 크라켄이 다시 서해안에 모습을 드러냈다는 걸 듣자마자 헌터들이 다시 투입되었다.

자이언트 크라켄이 나타난 지점을 기점으로 소탕을 진행하려는 것이다.

해양 몬스터들의 번식력은 지상 몬스터들보다 뛰어나다.

다행이라고 하면 해양 몬스터의 번식력은 뛰어나지만 개체가 어느 정도 이상이 되면 번식이 멈춘다는 것이다.

부족해지면 채우고, 채워지면 번식이 멈추고를 반복한다.

이유는 모르지만 지구의 70%를 차지하는 바다가 몬스터들로 넘치지 않게 된 것도 그 이유였다.

자이언트 크라켄이라는 말을 듣고 평소 배를 타고 이동하는 걸 지루해했던 헌터들도 긴장을 한 표정이 역력하다.

육지에서 떨어진 바다에 나온 헌터들.

그들은 언제 몬스터들이 들이닥칠지 몰라 주위를 경계했다.

물결의 흐름이 이상하지 않는지, 이상 징후가 포착되지 않는지. 망원경까지 동원하기도 했다.

재현의 경우 운다인이 있어 보이지 않는 바닷속 상황을 알 수 있었다.

"몬스터들의 움직임은 포착되지 않고 있어. 하지만 바다 깊이 잔해들이 흩어져 있어."

간밤에 꽤 피해가 컸기 때문에 운다인이 걱정스러운 표정을 지으면서 바닷속 상황을 말해 주었다.

주위를 탐색하던 헌터 한 명이 외쳤다.

"시체다!"

그 말에 모든 헌터들의 시선이 헌터가 향한 방향으로 시선을 돌린다.

그 말처럼 어제 습격당한 것으로 추정되는 시체 한 구가 바다 위를 둥둥 떠다녔다.

몬스터를 소탕하는 것뿐만 아니라 그들은 유류품이나 시체를 건지는 것도 같이 하고 있었다.

배를 시체 쪽으로 몰고 막대로 건져 올리자 다들 인상을 찌푸렸다.

어찌나 끔찍하게 당했는지 구역질이 나올 것 같았다.

포이즌 피라냐에게 뜯어 먹혔는지 살은 거의 남아 있지 않았다.

비위가 약하거나 시체를 보는 게 익숙지 않은 헌터들은 바다로 얼굴을 내밀고 토악질을 했다.

재현은 설악산 때의 일로 시체에 익숙해져 토악질을 하지는 않았지만 끔찍하게 당한 모습을 보면 속이 거북한 건 마찬가지였다.

헌터들은 시체를 건져 올리고서 하얀 천을 둘렀다.

다행이라고 하면 시체의 찢어진 바지에 지갑이 온전히 있어 신원을 알 수 있었다. 조금 더 돌아보니 시체가 몇 구 더 보였다.

다른 배에서도 시체들을 건져 내고, 바다 위를 떠돌아다녔던 유류품들을 수거했다.

배의 파편들도 어렵지 않게 볼 수 있었다.

배의 잔해만 봐도 당시 상황이 얼마나 처참했는지 상상할 수 있었다.

"재현아, 헬리콥터가 오고 있어."

구조 헬기인가 생각했다.

구조 헬기라면 바로 시체 이송이 가능할 것이다. 하지만 구조 헬기가 아닌 방송국 헬리콥터였다.

바다로 나오면서 헌터들이 타고 있는 배를 쫓아오는 방

송국 헬리콥터를 몇 번 봤기 때문이다.

몇몇 헌터들은 이미 익숙한 듯 잠깐 구조 헬기인지 봤다가 방송국에서 온 것을 알고 다시 시선을 돌려 제 할 일에 열중했다.

처음에는 손까지 흔들었지만 이제는 신경도 쓰지 않았다.

"저기는 저기 나름대로 한 건이라도 더 건지려고 고생하네."

재현은 그렇게 혼잣말을 하며 건질 만한 게 있나 바다를 확인한다. 한참 그렇게 수색하고 있다가 돌아갈 시간이 되었을 때쯤이었다.

"3시 방향에 몬스터 출현! 전투 준비!"

크게 비상 사이렌이 울리기 무섭게 헌터들은 하던 일을 즉각 중단하고 자신의 위치에 서서 전투 준비를 한다.

이제 익숙해질 대로 익숙해져 처음과 달리 바로 자신의 자리에 위치하고 전투 준비를 한다.

물결이 3번 배를 향해 오고 있을 때였다.

"재현아, 3번 배 밑에 거대한 게 올라오고 있어!"

운다인이 바닷속의 상황을 보고 기겁한다. 재현의 시선은 자연스럽게 3번 배 밑으로 향했다.

운다인의 말처럼 거대한 그림자가 바다에서 빠르게 올라오고 있었다. 곧 거대한 그림자는 모습을 드러냈다.

좌아아악!

물줄기가 하늘 위로 튀어 오른다.

그 사이로 사람의 몸집보다 두 배는 큰 거대한 촉수가 솟아올랐다.

그로 인해 생긴 파도가 배를 요동치게 만들었다.

자신들에게로 다가오는 걸 기다리고 있던 3번 배의 헌터들은 이게 무슨 일인지 아직까지도 파악하지 못하고 있었다.

촉수는 이미 배의 사방을 포위하고 달라붙었다. 그리고 불쾌한 소리가 여기까지 들려왔다.

우득! 우드득!

3번 배에 타고 있는 헌터들의 표정이 사색으로 변했다.

제일 가까이에 있는 재현이 타고 있던 배에서도 그 소리가 선명히 그의 귀를 자극했다.

3번 배에 탄 헌터들은 이제 무슨 상황인지 완전히 파악했지만 되돌리기에는 늦었다.

배가 아래로 끌려 내려가기 시작한 탓이다.

"초, 촉수를 떼어 내!"

"잘라 버려!"

헌터들이 뒤늦게 촉수를 잘라 내려고 안간힘을 썼지만 부질없는 짓이었다.

어떻게든 잘라 내려고 했지만 촉수는 쉽게 잘리지 않았다.

설상가상으로 피라냐 떼가 물 위로 튀어 올라 촉수 근처에 오는 헌터들의 접근을 최대한 막았다.

"으아악! 안 돼!!"

"침몰한다!"

처절한 비명 소리와 함께 맞은편에 있던 배가 순식간에 재현의 눈앞에서 사라졌다.

* * *

윤정은 컴퓨터 모니터를 바라보았다. 오늘만큼 조마조마했던 적은 없었다.

외과 의료 자격 시험 결과가 나오는 날이었다.

이 시험을 합격하면 의료 자격증을 얻을 수 있다.

그 말은 곧 정식으로 의사가 된다는 의미였다.

자신이 생각하기에 좋은 성적을 받았을 거라 판단하고 있었지만 무엇이든 결과를 봐야 한다.

섣부른 판단은 아직 이르기 때문에 하루 종일 조마조마했다.

재현에게는 비밀로 하고 나중에 만났을 때 자격증을 보여 줘 깜짝 놀라게 할 생각이라서 말도 하지 않았다.

해양 몬스터 소탕 때문에 서해안으로 갔기 때문에 조금

이라도 걱정할까 봐 말하지 않은 것도 있었다.

오후 2시.

결과가 나오는 시간이 되었다.

윤정은 가슴을 졸이며 인터넷에 들어가 합격 여부를 확인한다.

결과는?

"하, 합격이다."

눈물이 날 것 같았다. 합격. 당당히 합격해 눈물이 날 것 같았다.

대학에서도 치열하게 공부를 했고, 또 병원에서 조수도 하면서 스펙을 쌓았다.

그 덕분에 당당히 합격할 수 있었다.

피를 토하는 심정으로, 가끔은 피로 회복제를 마시면서 공부했던 것이 빛을 발한 순간이었다.

그녀는 서둘러 부모님께 연락을 했다. 합격 소식을 바로 알리기 위함이었다.

어머니는 크게 기뻐하시면서 축하를 해 주셨다. 그리고 먹고 싶은 게 있으면 말하라고 했다. 오늘 저녁은 상다리가 휘어질 정도로 차릴 것 같았다.

[딸. 결과 나왔어?]

"예. 합격했어요."

[축하한다. 정말 축하해. 우리 집에서 의사가 나오다니. 하하하!]

이제 건강을 완전히 회복한 윤정의 아버지, 준영.

그는 크게 웃으며 축하를 해 주었다.

평소 이렇게 웃음이 많던 준영이었지만 오늘은 유난히 웃음소리가 컸다.

그만큼 기쁘다는 걸 반증하는 것이리라.

[사위에게는 아직 말 안 했지?]

사위.

그녀의 남자친구인 재현을 말하는 것이었다. 그는 재현을 인정했기 때문에 결혼도 오케이었다. 거의 분위기가 그래서 상견례를 빨리 잡으라고 말할 정도다.

"아빠도 참. 아직 둘 다 거기까지 생각 안 했다니까요."

[뭐 어때. 서로 마음이 맞는다면 빨리 해야지.]

"둘 다 준비되면 하겠죠."

[어쨌든 나중에 따로 사위도 불러야겠구나. 아니다. 오늘 부르자꾸나. 이 기쁜 날에 사위가 없으면 안 될 테니까.]

한 달에 한 번쯤은 만날 정도로 재현을 친아들처럼 여기는 준영이다. 그에게는 아들이 없다.

윤정은 외동딸이다.

재현은 마치 친아들처럼 자신의 안부를 묻고, 여러 가지 챙겨 준다.

그렇기 때문에 친아들처럼 느껴지는 것이다.

“제가 안 말했나요? 지금 오빠 서해안으로 몬스터 잡으러 갔어요.”

[서해안으로 갔다고?]

“네. 이번에 소탕에 선발되었어요.”

생각해 보니 윤정의 부모님은 야근을 하는 것이 비일비재하다 보니 뉴스를 못 봤을 수도 있구나 생각이 들었다.

[이거 큰일이구나.]

“뭐가요?”

[지금 잠깐 시간이 있어 뉴스를 생중계로 보고 있는데 헌터들이 배 위에서 몬스터들하고 싸우고 있어.]

“늘 있는 일 아니에요?”

재현과 잠깐 문자를 했는데 사냥이 생각한 것만큼 어렵지 않다고 했다.

몬스터랑 싸우는 건 늘 있지만 별거 아니고 지루하다는 내용이 많았다.

[아니, 지금 또 한 척이 가라앉았다. 두 척이나 지금 가라앉고 있어.]

그 말을 듣고 윤정이 서둘러 리모컨을 쥐고 TV 전원을 켰다.

준영의 말대로 정말 생중계로 서해안에서 헌터들이 싸우고 있는 모습을 내보내 주고 있었다.

준영의 말대로였다. 배가 침몰하고 사람들이 바다 위에서 허우적거리고 있었다.

침몰 지점은 파괴된 배와 피로 추정되는 붉은색이 둥둥 떠다녔다.

[정부에서 아직 소재가 파악되지 않던 자이언트 크라켄이 등장했습니다! 어마어마한 크기의 크라켄이군요. 지금 막 배 두 척이 침몰되고, 헌터들이 고군분투하고 있습니다!]

이를 찍고 있던 기자가 현 상황을 보도하고 있었다. 윤정은 TV를 보다가 손에 힘이 풀렸다.

툭! 하고 휴대폰이 바닥에 떨어졌다.

"오, 오빠……."

털썩!

윤정은 다리가 풀려 주저앉아 버렸다.

*　　*　　*

아비규환이란 말은 이럴 때 사용하는 것이라고 재현은 생각했다. 자이언트 크라켄이 드디어 모습을 보였다.

이름: 자이언트 크라켄

종류: 문어과

등급: B+

- 무시무시하게 큰 크라켄이다. 거대한 몸집은 해양 몬스터에서도 다섯 손가락 안에 손꼽힌다. 거대한 수염 고래조차 자이언트 크라켄에게는 먹이로 취급될 만큼 압도적인 위용을 자랑하며 힘은 말할 것도 없다. 바다의 포식자 중 하나이다. (Tip. 뇌 속성에 매우 취약하다.)

수염고래조차 먹이로 취급할 정도로 무시무시한 녀석이다.

거기다 더 중요한 게 있었다.

'미친, B+ 등급의 몬스터라니!'

B급은 상급 헌터들이나 상대할 수 있는 몬스터다.

거기에 B+급이다.

이건 상급 헌터 몇 명이 달라붙어 공격해야 어찌저찌 이길 수 있다는 말이다.

물론 이곳에 상급 헌터가 몇 명 있는 데다 중급 헌터도 다수 있어 어떻게든 잡을 수 있을 것이다.

하지만 녀석의 공격에 두 척의 배를 잃었다.

한 척에 스무 명이 타고 있는 배였다.

순식간에 마흔 명의 헌터가 수장되어 버린 것이다.

또 다른 문제는 침몰한 두 척의 배에 탄 헌터들은 대다수가 상급 헌터라는 것이다.

배가 침몰당해 바다로 뛰어든 헌터들은 대부분 포이즌 피라냐들의 먹잇감이 되었다.

그나마 간신히 바다에서 건져 올린 상급 헌터는 부상이 너무 심해 전투에 투입하지 못하는 실정이다.

지금 남아 있는 세 척의 배로 녀석을 상대해야 한다는 소리였다.

"자이언트 크라켄만 집중 공격해! 녀석만 잡으면 나머지는 오합지졸이 되어 버린다!"

해양 몬스터에 대해 잘 아는 상급 헌터가 그리 소리 지르자 다들 전열을 재정비한다.

그의 말에 따라 다들 자신의 힘을 개방, 크라켄에게 공격을 쏟아 낸다. 전류와 얼음으로 된 공격이 쏟아졌다.

허나 녀석은 공격이 날아들기 무섭게 바다로 들어가 반대쪽에서 튀어나왔다. 그리고 녀석이 촉수를 채찍처럼 현란하게 휘두른다.

녀석의 공격이 날아들기 무섭게 헌터들이 자신들의 능력을 일제히 방어에 발휘한다. 물이 솟아올라 벽을 만들고, 빙계 능력자가 물의 벽을 얼려 단단함을 더한다.

"운다인, 메타리엔! 막아!"

재현은 메타리엔을 소환하고, 녀석의 촉수 공격을 막기 위해 방어 기술을 사용한다.

하지만 상급 몬스터답게 녀석의 공격으로 방어 기술이 맥없이 부서졌다.

심지어 중급 정령인 운다인의 방어 기술보다 단단한 메타리엔의 방어막도 허물어지고 그 뒤에 겹겹이 쌓은 방어벽이 모두 부서진다.

그나마 다행이라고 하면 그 덕분에 녀석의 촉수가 배를 빗겨 나가 애꿎은 바다에 작렬했다는 것이다.

촤아악!

바닷물이 솟아오르고, 또다시 파도를 만들어 낸다.

다들 떨어지지 않기 위해 난간을 붙잡았다. 하지만 미처 난간을 붙잡지 못하거나 버티지 못한 자들은 바다로 떨어졌다.

"사, 살려 줘!"

"끄아아악!"

배는 순식간에 가라앉았고, 바다에 빠진 헌터들은 살려 달라며 소리치고 있었다.

헌터들은 그들을 구조해 주고 싶었지만 상황이 여의치 않았다. 포이즌 피라냐들이 튀어 오르며 막대기를 물어 부수고 있었기 때문이다.

"운다인, 사람들을 구해 줘!"

"알았어!"

재현이 움직이기로 했다. 운다인이 물을 끌어올려 사람들을 물 위로 떠올려 가장 가까이에 있는 배에 올려 주었다.

그가 타고 있는 배에도 물에 빠진 헌터 한 명이 올라왔다. 피라냐들에게 살을 뜯어 먹혀 피가 새고 있었다.

서둘러 가지고 있던 붕대로 지혈을 하고 상처 부위에 포션을 뿌렸다. 재현은 가지고 있던 치료수를 건넸다.

"치료수예요. 드세요."

"가, 감사합니다."

헌터는 감사의 인사를 하고 치료수를 단번에 들이켰다. 상황은 안 좋아 보였다.

포션과 치료수를 먹이고, 지혈을 했음에도 몸을 오들오들 떨었다.

다량의 피를 잃은 데다 차가운 바닷물에 빠졌다가 들어왔기 때문이다.

포션과 치료수를 사용했지만 급히 병원으로 이송해야 한다.

포션이라고 만능은 아니다.

엘릭서가 아닌 이상 그 어떤 포션도 심각한 부상을 입은 사람을 살리지 못한다.

단지 생명을 더 오랫동안 붙들어 놓을 수 있을 뿐이다. 상황이 상황인지라 빨리 녀석을 해치우는 게 이 헌터를 살리는 길이다.

자이언트 크라켄은 촉수로 공격하는가 하면 물대포를 쏘거나 먹물을 발사했다.

물대포와 먹물의 공격은 어찌나 센지, 난간의 일부가 파손되었다. 또한 배가 뒤집히려고 했다.

재현과 다른 물을 다루는 헌터들이 힘을 내 물을 조종해 배가 뒤집히는 걸 막을 수 있었다.

"물을 자유자재로 다룰 수 있는 헌터는 배를 이동시키면서 싸웁시다!"

"제가 하겠습니다!"

물을 다루는 한 헌터가 자진해서 물을 다루며 배를 이동시켰다. 헌관위 요원은 조타를 잡아 방향을 전환했다.

물의 흐름을 조종하고, 배의 엔진 덕분에 배는 평소보다 빠르게 이동하며 녀석의 공격을 피할 수 있었다.

다른 배들도 마찬가지로 서로 부딪치지 않게 움직이며 자이언트 크라켄을 공격했다.

"썬더러, 라이트닝 차징! 계속 발사해!"

번개가 여러 번 녀석의 촉수를 공격한다.

녀석이 반응했다.

"끼기기기기!"

꿈틀꿈틀 움직이며 배를 공격하던 녀석이 비명을 질렀다.

흡사 손톱으로 칠판을 긁는 것과 같은 소리에 헌터들이 일제히 인상을 찌푸렸다.

녀석이 의도한 건지, 아니면 의도치 않은 건지 모르지만, 의외로 헌터들에게 데미지를 주었다.

온몸에 소름이 쫙 끼쳤다.

"그만 비명 질러 미친 새끼야!"

"저 새끼 비명 못 지르게 없애!"

전류에 매우 약하다는 걸 안 번개를 다루는 헌터들이 신경질적으로 녀석에게 전류를 쏘았다.

전류를 다루는 능력자들은 일제히 공격을 토해 냈다.

뇌 속성 공격에 약한 해양 몬스터다. 녀석뿐만 아니라 포이즌 피라냐들에게도 전류는 극독이다.

전류가 바다에 계속 흐르자 포이즌 피라냐들이 바다 위로 둥둥 떠오르기 시작했다.

하지만 포이즌 피라냐들과 반대로, 녀석은 움직임만 잠깐 멈출 뿐이다.

그래도 움직임을 멈출 수 있다는 것만으로도 큰 효력을

발휘했다.

그 잠깐의 시간으로 모든 공격을 집중시켜 녀석에게 차근차근 데미지를 줄 수 있었기 때문이다.

그렇다고 녀석이 계속 가만히 있는 것은 아니었다.

"끼기기!"

녀석은 바닷속으로 다시 숨어들었다.

물을 다루는 능력자들은 바닷속에 있는 자이언트 크라켄의 움직임을 살폈다.

워낙 덩치가 커서 물결만으로도 어디로 이동하는지 파악이 되었다.

"1번 배! 녀석이 배를 침몰시키려 하고 있다!"

2번하고 3번 배는 이미 침몰되었다.

이번에는 1번 배가 위험하다.

한 척, 한 척이 지금 헌터들에게는 매우 크다.

한 척의 손실은 스무 명의 헌터들이 몰살당한다는 걸 나타내는 것이다.

녀석의 촉수가 다시 바다 위로 튀어나온다.

처음과 동일한 방법으로 배를 침몰시킬 작정이다.

하지만 두 번이나 동일한 방법에 당한 그들은 쉽게 녀석의 의도대로 하게 놔둘 생각이 없었다.

전류를 다루는 능력자들은 촉수들을 공격해 움직임을 정

지시켰다.

물을 다루는 능력자들은 물을 조종해 배가 빠져나오게 도와주었다.

녀석의 촉수는 1번 배가 있었던 곳을 끌어안았다.

아무것도 잡히는 게 없자 촉수는 다시 바닷속으로 빨려 들어갔다.

위기에서 벗어난 1번 배는 방금 있던 위치에서 멀찌감치 떨어졌다.

녀석은 그 자리에서 다시 몸을 드러냈다.

이번에 촉수를 제자리에서 움직여 거대한 파도를 만들어냈다.

"운다인, 파도를 잠재워!"

재현뿐만 아니라 다른 헌터들도 그와 같은 생각이었다.

운다인만으로는 파도를 완전히 잠재우기는 힘들지만, 다른 헌터들이 도와주니 파도를 안정시킬 수 있었다.

녀석의 공격은 헌터들의 연계가 척척 들어맞자 계속 실패하게 되었다.

녀석은 다시 바다 위로 나와 먹물과 물대포, 촉수를 날렸다. 배들은 다시 물길을 따라 빠르게 이동하며 이리저리 잘 피해 다녔다.

"끼기긱!"

그렇게 한참을 교전하니 녀석의 움직임이 상당히 느려진 것이 보였다.

"녀석이 지쳤다! 전류 능력자들은 힘을 모아라! 신호하면 동시에 쏘자!"

한 헌터의 외침은 모든 헌터들이 동의하는 바였다.

딱 봐도 녀석은 상당히 지쳐 있었다. 배들은 요리조리 피하면서 계속 공격을 가하니 안 지치고 버틸 수 없는 것이다.

전류 능력자들이 힘을 모으기 시작한다. 모든 힘을 쏟아낼 작정이었다.

녀석은 이제 상당히 지쳤다.

물을 다루는 능력자들은 녀석이 도망가지 못하게 공중에 띄워 녀석을 움직이지 못하게 했다.

여러 명이 힘을 합쳤음에도 힘겨웠다.

자신뿐만 아니라 다들 버거워 보이는 게 눈에 보였다.

그래도 다들 젖먹던 힘까지 써 가며 녀석을 들어 올렸다.

바닷속에 감춰졌던 녀석의 몸을 보니 생각보다 덩치가 더 컸다. 전격 능력자들은 녀석이 공중에서 아무것도 하지 못하자 일제히 전격을 날렸다.

우르릉! 스파팟!

모든 힘이 합쳐지자 그 위력은 상상 이상이었다. 수많은 전격이 뿌려지고, 녀석의 몸이 순식간에 태워지기 시작한다.

동시에 물의 능력자들의 힘도 다해, 녀석이 바다로 추락했다.. 녀석은 움직임이 없었다.

빙계 능력자가 혹시나 몰라 배에서 따로 내려 바다의 일부를 얼려 천천히 녀석에게 다가간다.

툭툭 건드려 보고, 칼로 찔러도 보고. 미동이 없자 다들 환호성을 질렀다.

마음이 맞았던 헌터들끼리 서로를 끌어안으며 배 위에서 방방 뛰었다.

하늘에 떠 있던 방송국 헬리콥터는 여전히 자리를 사수하며 이를 찍고 있었다.

치열한 전투로 다들 피곤할 텐데 이 순간만큼은 기뻐할 힘도 남았다.

재현은 하하 웃으며 운다인과 썬더러를 끌어안았다.

"끝났다."

"응. 고생했어, 재현아."

재현의 정령력도 방금 전 마무리 공격으로 거의 다 소진했다.

이제 운다인과 썬더러를 소환할 시간도 얼마 안 될 만큼 정령력이 바닥을 드러내고 있었다.

피로가 몰려왔지만 이 순간은 다 같이 기뻐했다. 하지만 그 기쁨도 잠깐이었다.

"녀석이 다시 움직인다!"

녀석의 근처에 있던 빙계 능력자가 서둘러 자리를 피했다.

녀석의 촉수가 움직여 하늘 높이 치솟아 올랐다. 그리고 이쪽으로 떨어진다.

"어, 어?!"

"피해!!"

재현이 타고 있던 배는 아수라장이었다.

녀석이 뜻하지 않게 갑자기 움직이니 서둘러 배를 몰려고 했지만 이미 피하기에는 시간이 부족해 보였다.

거기다 거의 모든 헌터들은 공격이나 방어할 힘도 다 바닥난 상황이었다.

아무것도 하지 못하고, 다들 뜬 눈으로 촉수가 휘둘러지는 걸 보고 있어야 했다.

*　　*　　*

늦었다란 생각이 나의 머릿속에 떠오른다.

녀석이 엄청난 데미지를 받아 이제 공격할 힘이 없다고 안일하게 생각한 게 실수였다.

몬스터들은 죽기 전까지 인간에게 덤비는 녀석이다.

특히 호전적인 녀석들은 죽을 위기에 닥치면 더욱 그러

했다.

촉수가 눈앞으로 떨어진다.

그 찰나의 시간이 느리게 지나가며 누군가의 목소리가 들려온다.

[실망인걸? 아무것도 안 하는 모습을 보이다니.]

누구야?

[그게 중요해? 여기서 죽을 거야?]

아니, 죽을 생각은 없다. 하지만 이미 늦은 것 같다.

[그럼 이대로 포기할 거야?]

포기?

아니다. 포기하지 않는다. 죽고 싶지 않으니까…… 나는 살고 싶다.

[살기 위해서 네가 지금 할 수 있는 게 뭔데?]

지금 할 수 있는 것?

알았다면 바로 하고 싶다. 하지만 딱히 뭘 어떻게 해야 할지 모르겠다. 힘이 있었다면 이렇게 되지 않을 것 같았다.

[그럼 내가 힘을 빌려줄까?]

힘을 빌려준다고? 어떻게?

[내 손을 잡아. 그럼 내가 널 구원해 줄게.]

마치 빨려 들어갈 것 같이 어두운 손의 형태가 눈앞에 보인다. 이번에는 조금 다른 형식으로 물어보았다.

넌 도대체 정체가 뭐야?

[상황에 따라서 다르다고 해 둘게. 수호천사일 수도 있고, 흉악한 악마일 수도 있지. 하지만 확실한 건 지금 상황에서 널 구해 줄 수 있다는 거야.]

어려운 말을 한다.

수호천사일 수도 있고, 흉악한 악마일 수도 있다니.

수호천사면 수호천사고, 아니면 아닌 거지 왜 그런 애매한 말을 하는 건지 모르겠다.

그래도 살 수만 있다면 힘을 빌리고 싶다.

이대로 죽을 수 없다. 저 손을 잡고 싶다.

하지만…….

나는 어째서 그 손을 잡길 망설이고 있는 걸까?

불안함?

아니다.

이건 알 수 없는 것에 대한 공포다.

갑자기 나를 왜 돕겠다고 하는지, 또 왜 손을 잡으라고 하는 건지 이해를 하지 못하겠다. 하지만 그 말은 지금의 상황에서 너무나 달콤하다.

그래도 손이 가질 않는다.

머리는 잡으라고 하는데, 몸은 자신의 의지대로 따라 주지 않는다.

[아쉽게 됐네.]

정말로 아쉬운 듯한 목소리가 그의 머릿속을 가득 채운다.

[아직 절박함이 부족한 건가? 아니면 자신의 힘을 아직도 믿는 건가? 뭐 어쨌든 좋아. 이대로 널 그냥 버리기도 아쉬우니까 내가 한 가지 살 방법을 알려 줄게. 한 번만 말할 테니 잘 새겨들어.]

무슨 말을 하려는 건지 모르지만 나는 녀석의 말을 듣기 위해 그 어떤 때보다 더욱 집중하고 있었다.

[살고 싶으면 반드시 알아 둬. 넌 다른 정령들을 다룸으로써 스스로 자연을 조종한다고 착각하고 있어. 하지만 사실 그게 아냐. 그건 아주 잘못된 생각이야. 조종한다고 생각하지 말고 네가 그 일부가 되어 다룰 수 있는 거라고 생각해 봐.]

무슨 말일까? 전혀 이해를 못 하겠다.

알 수 없는 목소리의 웃음소리가 들렸다.

[쉽게 말해 결국 너도 넓게 본다면 자연의 일부라는 거지. 하지만 이를 부정함으로써 스스로 자연이 되길 거부하고 있어. 자연에 순응해. 그리고 인정하고 받아들여.]

시간을 줘. 무슨 말인지는 알겠는데 굳이 그렇게 해야 하는지 이해를 못 하겠어.

[그건 네가 찾아야 될 문제. 난 네가 좋은 재능을 가지고 있는데 그걸 썩히고 있다는 게 안타까워서 도와주는 것뿐이야. 더욱 절박할 때. 나를 필요로 할 때 돌아오겠어. 그때까지 살아 있어 줘.]

그 말을 끝으로 느리게 지나갔던 현실이 돌아온다. 촉수의 움직임이 돌아오고, 주변에서 비명 소리가 난무한다.

"재현아!"

썬더러와 운다인이 다급히 그를 불렀다. 아직도 멍한 표정을 짓고 있었다.

분명 방금 전 무슨 일이 있었는데 잠깐 꿈을 꾼 것 같은 기분이었다.

'넓게 본다면 나도 자연의 일부…….'

하지만 그 순간 무언가를 알아낸 것 같은 기분이다.

자연은 결코 물, 불, 나무, 철, 바람 같은 것만 있는 게 아니다. 넓게 보면 모든 생명체가 자연의 일부이다. 풀도, 곤충도, 물고기도, 개도, 고양이도, 새들도. 모두 다.

모두가 자연일 텐데 인간인 자신이 자연이 아니라는 법이 어디 있을까.

심지어 해충도 어떻게 보면 자연의 산물이다. 인간이라고 그 틀을 벗어날 수 없다.

갑자기 생각이 변화한다.

자신도 자연의 일부라고 생각하니 여러 가지 생각이 떠오른다.

자연을 다루려는 게 아니라 빌려 온다고 생각한다.

어찌 되었든 인간은 자연에 의존할 수밖에 없고, 그것에 크게 의존한다는 걸 벗어날 수 없다.

그래, 인정하자. 나도 자연의 일부고, 그것을 빌려 올 뿐이다. 결코 다루는 것이 아니라 빌려 오는 것뿐. 그래, 빌려 오는 것뿐이다.

나도 자연이라는 틀에서 벗어날 수 없다.

인정하고, 순응하자.

그래, 나는…….

"자연의 일부다."

오른쪽 손등이 시큰 아파 오며 몸에 변화가 일어났다.

*　*　*

녀석의 촉수가 배에 내려쳐지기 무섭게 둘로 갈라지고, 배에 타고 있던 헌터들도 크게 다칠 거라 다들 머릿속에 그렸다.

하지만 예상외의 상황에 다들 얼빠진 표정이었다.

4번 배에 타고 있던 헌터들도 마찬가지였다.

운이 좋게 살더라도 자신들은 배가 아니라 바다에서 허우적거리고 있어야 정상이라고 생각했다.

허나 그들은 바다에 빠진 게 아니라, 자신의 자리에 몸을 잔뜩 웅크린 채 가만히 있었다.

아무리 시간이 지나도 촉수가 배로 직격하는 일은 없었다.

서서히 다들 머리를 들고 무슨 일인지 상황을 바라본다.

"뭐, 뭐야, 저건……?"

헌터들이 멍하니 어떠한 생명체를 바라본다.

물로 이루어진 손이 촉수를 단단히 붙잡고 있었다.

"끼기기기……?!"

녀석의 소리가 한없이 작아진다.

"재현……아?"

운다인과 썬더러는 입을 다물지 못한 채, 그의 존재를 바라볼 뿐이다.

재현은 두려움에 가득 찬 그 소리에 절로 미소가 피어오른다.

방금 전까지 당당하게 인간을 습격했던 포식자의 모습이 아니었다.

녀석이 낸 소리는 한없이 힘없는 먹잇감의 두려움이었다.

그는 한없이 차가운 얼굴로 자이언트 크라켄을 노려보았다.

그의 행동 하나하나에 녀석이 반응했다.

그는 말없이 손을 위로 슥 그었다.

작은 행동이지만, 그 여파는 상당했다.

녀석의 몸이 깔끔하게 둘로 나뉘었다.

검은 액체가 바다에 뿌려졌다. 녀석의 몸속에 있던 먹물주머니가 터지면서 검게 물들고 있었다.

녀석의 몸에 빛나고 있던 수정체가 파삭 깨졌다.

이로써 자이언트 크라켄이 난리를 피우는 일도 없을 것이다.

"구름이……?"

운다인과 썬더러는 말을 끝마치기도 전에 정령계로 역소환되었다.

재현의 힘이 다 되었기 때문이다.

재현은 정령력을 다 소진함으로써 쓰러지고 있었다.

그는 쓰러지면서 언뜻 크라켄의 뒤로 부자연스러운 광경을 목격한 것 같았다.

하늘의 구름이 둘로 나뉜 것 같은 광경.

그것을 본 것은 잠깐이었지만, 딱히 의문을 품기도 전에 갑판 위로 몸이 무너졌다.

Chapter 05
생각

생중계로 내보낸 이번 해양 몬스터 사냥으로 인해 인터넷이 뜨거워졌다.

몇 초 되지 않는 잠깐이지만 사람들은 그 충격에 쉽사리 빠져나오지 못했다.

마스터 헌터가 저곳에 있었던 것 아니냐고 온갖 추측이 난무했다. 하지만 그 추측은 곧 허물어졌다.

선발된 헌터들 중 상급 헌터가 가장 높다는 것이 알려졌기 때문이다. 이 때문에 열기가 더욱 후끈 달아올랐다.

새로운 마스터 헌터의 탄생이 아니냐며 기뻐하고 있는 것이다.

선발된 헌터들 중 마스터 헌터가 있었는지 헌관위에서는 조사에 들어갔지만 결과는 '없었다' 였다.

상급 헌터가 있었어도 그들은 상급 헌터가 된 지 얼마 되지 않은 이들이었다.

또 얼마 전 능력을 갱신한 결과 마스터 헌터에 한참 미치지 못하는 힘이었다.

전문가들이 그 당시 영상을 보며 누가 한 일인지 집요하게 추적했다.

방송국 헬리콥터는 단 한 대, 거기다 물기둥이나 자이언트 크라켄의 큰 몸집으로 인해 카메라가 가려져 누가 자이언트 크라켄을 저렇게 만들었는지 알 수 없었다.

찍히지 않은 배들도 있기에 그쪽도 조사했지만 하나같이 자신들이 한 게 아니라고 말했다.

그래서 그 당시 4번 배에 타고 있던 헌터들을 조사해 보았는데, 아는 사람이 없었다.

녀석이 쓰러지는 것을 보고 긴장이 풀려 기절하거나, 힘을 전부 소진해 쓰러진 헌터들도 상당수 되었다. 또 그 당시를 기억하지 못하는 헌터까지.

헌관위에서는 끝까지 조사하려고 했지만 목격자들도 전부 모르겠다고 하니 조사를 끝낼 수밖에 없었다.

이대로 수사가 끝나고 누가 잡은 건지도 모른 채 끝나는

가 싶었지만, 다행히 목격자가 나타났다.

너무 정신이 없는 상황이었기 때문에 이름을 기억하지 못하지만 정령사가 했던 것 같다라는 말이 결정적이었다.

이번에 해양 몬스터 소탕에 투입된 헌터들 중 정령사는 단 한 명. 거기다 그는 4번 배에 타고 있었다. 정황이나 목격자의 말을 들었을 때 자이언트 크라켄을 잡은 인물로 그가 가장 유력했다.

*　　*　　*

자이언트 크라켄이 죽음으로써 해양 몬스터의 소탕 작전은 완전히 종료되었다.

하지만 조금이라도 남아 있을지 모르는 몬스터들 때문에 헌관위에서는 헌터들 일부를 남겨 수색을 계속했다.

재현은 기절 후, 의식을 되찾았다. 눈을 뜨자 가장 먼저 보인 것은 전체적으로 백색으로 가득 찬 방이었다.

이번에는 고개를 돌려 보자 자신의 몸에 부착된 링거와 약물 투여를 위해 연결된 투명한 튜브가 눈에 띄었다.

그는 머지않아 자신이 어디에 있는지 알 수 있었다.

'……병원이로군.'

한 번 입원해 본 경험이 있으니 어디인지 단번에 알 수 있었다.

몸을 일으키려고 힘을 주자 고통이 찾아왔다.

"아윽! 삭신이야."

온몸이 다 쑤셨다.

뒤늦게 자신의 몸에 힘이 없고 아프다는 걸 느꼈다.

마침 병실 문이 열렸다.

방에 들어온 이는 윤정과 재희였다.

"누, 누나?"

그의 목소리를 듣고 윤정이 환하게 웃었다.

윤정이 가장 먼저 그에게 달려왔다.

"오빠! 정신이 들었어?"

"어? 어……."

대답을 하면서도 재현의 시선은 계속 재희에게 향해 있었다.

자신의 누나가 여기에 왔다는 게 안 믿겼기 때문이다.

재희는 재현에게 퉁명스럽게 물었다.

"정신 차렸냐?"

"응. 그런데 누나가 여긴 어쩐 일이야?"

"어쩐 일은 무슨 어쩐 일이야. 너 입원했다기에 연락 와서 급히 왔지."

헌터가 되면 가족 연락처를 적기도 하는데, 그의 신변에 큰 위험이 있을 때 알리기 위함이다.

이번에는 사건이 좀 큰 데다 입원까지 했기 때문인지 가족들에게 연락이 갔던 모양이다.

"엄마는?"

"어제까지 있다가 나하고 교대하고 집으로 돌아갔어. 깨어나면 대신 혼내 달라고."

"누나. 나 환자야. 헤드록은 참아 줘."

손가락만 간신히 까딱거릴 수 있을 만큼 몸이 마음대로 움직여지지 않았다.

이 상태로 헤드록에 당하면 꽤 고통스러울 것이다.

"걱정 마. 완쾌하면 헤드록 말고 온갖 기술 다 걸 테니까. 기대해도 좋아."

"……."

전혀 기대되지 않는 데다 웃고 있는 재희를 보니 진심으로 화가 난 모양이다.

"화났어?"

"아니~ 전혀~"

"……."

'엄청 열 받았네.'

사람이 분위기라는 게 있다.

그녀는 웃고 있었지만 풀풀 풍기는 분위기는 상대를 압

도할 만했다.

만일 재희가 헌터였다면 몬스터들도 그녀 앞에서 꼼짝 못 할 거라는 허무맹랑한 생각을 하며 물었다.

"그런데 나 며칠 만에 의식을 되찾은 거야?"

"사흘."

'열 받을 만하네.'

맞을 짓을 했다고 생각하지만 맞기는 싫은 재현이었다.

애초에 이렇게 된 것에는 자신의 의지가 아니었다.

이 일은 그녀가 나중에 한꺼번에 화내기 전에 다 풀자고 생각했다. 그래도 재희 나름대로의 걱정도 있었을 테니 미워할 수는 없었다.

"나중에 엄마한테 전화해. 엄마가 너 헌터 그만두게 만들겠다고 하는 걸 내가 간신히 뜯어말렸으니까."

일단 아들을 믿겠다고 설득되었어도 완전히 납득한 건 아닌 지혜였다.

설득한 지 얼마나 되었다고 아들이 의식을 차리지 못할 정도로 다쳤으니 그만두게 만들겠다고 하는 건 어느 정도 이해할 수 있었다.

"나 이런 일은 거의 없는데. 타이밍이 안 좋았어."

"그래. 너 입원 기록 보니까 몇 달 전에도 한 번 있더라."

"……다 봤어?"

가족 관계자들은 말만 하면 언제든 기록을 볼 수 있다.

그녀는 고개를 끄덕였다.

"어째서 입원했는지도 봤지. 그놈의 능력이란 건 한번 일으키면 사람 한 명을 그렇게 힘들게 만드니? 너 또 그 폭주로 입원한 거라고 하는데?"

능력자가 아닌 재희이기에 전혀 이해하지 못하고 있었다.

그만큼 리스크가 있다는 얘기는 처음 들어 보았다.

능력자마다 다르지만 확실히 폭주를 일으키게 되면 초능력자, 정령사 할 것 없이 재현과 같은 꼴이 되고는 한다.

자신의 능력에 먹혀 죽는 경우도 허다하다고 한다.

"폭주라……."

재현은 지금에서야 그 당시 일을 떠올렸다.

죽은 줄 알았던 자이언트 크라켄이 촉수를 번쩍 들어 올려 위기에 처해 있던 당시. 그리고 시간이 느리게 지나가며 누군가 말을 걸어 왔던 것도.

무슨 대화를 했는지 기억이 나지 않았다.

검은색 기운으로 가득했던 무언가가 자신에게 달콤한 말을 하며 손을 내밀고 재현이 거절했던 것까지는 기억난다.

그리고…… 자신이 자이언트 크라켄을 잡았던 것도.

'잠깐. 근데 내가 어떻게 운다인의 기술을 쓸 수 있게 되었지?'

중간중간 끊어진 필름에서 재현은 그 당시 상황을 기억해 냈다.

어떻게 자신이 운다인의 기술을 쓸 수 있었던 것일까.

그것이 지금 그에게 남겨진 최대 의문이었다.

"나랑 대화하고 있는데 딴생각을 하는 걸 보니 우리 재현이 많이 컸네?"

"좀 봐줘. 지금 약물 때문에 머리가 멍한 것 같아."

사실 전혀 그렇지 않지만 괜히 약물 핑계를 대었다.

무슨 약물이 투여되고 있는지 아는 윤정은 몰래 빙그레 웃고 있었다.

이를 전혀 모르는 그녀는 혀를 찼다.

이번만은 봐준다는 소리가 들렸다.

그가 들으라고 한 소리는 아니지만 모든 감각이 예민해진 재현에게는 그것이 전부 들렸다. 하지만 모르는 척했다.

괜히 말하다가 뒤끝이 있을지도 모르기 때문이다.

"누나는 언제까지 여기에 있게?"

"너 퇴원하는 거 보고 가려고. 어제 네 집에 가서 거기에 짐 풀었으니까 그런 줄 알아."

자신의 집을 아는 사람은 윤정 말고 없을 테니 재희와 같이 간 모양이다.

병실에 같이 들어온 걸 보면 어느 정도 친해진 것 같기도 하다.

"레스토랑은?"

레스토랑을 계속 쉬면 그녀 입장에서도 좋지 않을 거라고 생각해 걱정이 되었다.

"내일부터 엄마가 레스토랑 관리해 주실 거야."

"엄마가 스테이크나 수프 같은 거 할 줄 알아? 와인 종류도?"

"주방장이랑 서빙 하는 사람이 따로 있으니까 그건 걱정 마. 내가 무책임하게 엄마에게 넘기고 왔겠니? 엄마는 잠깐 나와서 돈 관리하거나 청소만 좀 해 주는 정도야."

그렇다면 문제 될 건 없다고 생각하며 고개를 끄덕였다.

자세한 것은 직원들이 알아서 할 테니까.

"맞다. 너 무슨 초능력이 있기에 헌터가 된 거야? 민간 헌터가 아니라 정부 공식 헌터면 대부분 초능력 하나 있어야 되잖아."

"굳이 초능력 없어도 헌터 될 수 있어."

"그럼 초능력 없는 거야?"

"아니, 그건 또 아냐."

민간인들이 잘 모르는 것 중 하나가 바로 정식으로 등록된 헌터들은 모두 초능력을 가지고 있다였다.

정식 헌터들이 확실히 초능력을 가지고 있긴 하지만 장

비에 의존하는 이들도 상당수 되었다.

"환자에게 미안하지만 혹시 보여 줄 수 있어?"

"못 보여 줄 건 없지. 애들아. 나와."

재현은 정령들을 소환해 냈다.

그간 의식이 없는 동안 정령력이 다시 쌓여 소환이 가능했다.

"드디어 불렀네."

"우릴 완전히 잊었나 했어."

"쿨~"

"심심했어요."

다들 한마디씩 하며 살짝 불만을 토로했지만 이런 몸 상태로 소환할 수 있는 것도 용한 일이다.

정령들과 소환해 대화를 나누고 있자니 재희는 이 모습을 신기하다는 듯 바라보았다.

슬쩍 만져 보니 감촉이 다들 달랐고, 생김새도 달랐다.

운다인은 겉보기에는 파란색 머리를 가진 서양인으로 보인다.

하지만 하급 정령들은 인간이라고 보기에는 힘들었다.

15센티미터의 신체에 살색은커녕 하늘색, 회색, 갈색을 가지고 있어 인간 외의 생물이란 느낌이 강했다.

중급 정령이 되면 운다인처럼 겉으로는 인간처럼 보이게

된다고 말해 주었다.

"이건 뭐야?"

정령이란 존재를 처음 본 재희는 신기한 듯 바라보고 있었다.

"정령이야."

"정령? 소설에 나오는 그 정령 말이지? 헌터가 된 것도 다 이 애들 때문이었어?"

"응. 이 애가 운다인. 운디네였을 때, 그러니까 하급 정령일 때 나와 처음 계약한 애야."

재현은 휴대폰에 사진이 저장되어 있었다.

그는 운다인이 운디네였을 당시의 사진을 보여 주었다.

휴대폰에는 다른 정령들과 마찬가지로 얼마 되지 않는 신체를 가진 귀여운 이미지의 생명체가 재현의 어깨 위에서 웃고 있는 게 찍혀 있었다.

정령들의 등급이 상승하면 이름도 바뀐다고 말해 주고는 다시 말을 이었다.

"그리고 썬더러, 메타리엔, 노움 순이야. 운다인은 물의 정령, 썬더러는 번개의 정령, 메타리엔은 금속의 정령, 노움은 땅의 정령이야."

다들 처음 보는 재희를 향해 웃어 보였다.

낯을 많이 가리는 노움은 잠자고 있는 메타리엔을 방패

처럼 들어 뒤에 숨으면서 고개를 살짝 내밀어 보기만 했다.

눈이 마주치면 다시 숨었다. 참 가지각색의 성격을 지닌 정령들이었다.

"헌터 대부분은 한 가지 능력을 쓴다는데 넌 다양한 능력을 쓸 수 있구나."

"정령사의 장점이지."

"그럼 그 정화수는 네가 아는 헌터가 해 준 게 아니라 다 네가 제조한 거네?"

"응."

이제 다 들킨 마당에 거짓말을 할 필요가 없었기에 사실대로 다 말했다.

그녀는 정령들과 함께 찍은 사진들을 넘기다가 뭔가를 발견했다.

"아주 깨가 쏟아지네, 쏟아져."

사진을 계속 넘기자 본 것은 윤정과 함께 찍힌 사진이었다. 서로 뽀뽀하는 사진이라든지, 데이트 나갔다가 같이 찍은 사진들까지.

자신도 남자친구와 사귀었을 때 이렇게 사진을 많이 찍었기 때문에 이해하고 넘어갔다.

"그런데 윤정아."

"네, 언니."

"내 동생이 너한테도 정화수를 주니?"

"네."

여자의 공통적인 대화 주제라고 한다면 피부다.

남자든 여자든 피부에 신경을 많이 쓰지만, 여자는 남자들보다 더 철저하게 관리하는 편이다.

정화수를 계속 사용해 온 모양인지 피부가 아기 피부처럼 곱다. 피부 하나 때문에 재희는 훨씬 더 동안으로 보였다.

"그런데 나보다 더 피부가 좋은 거 같은데……."

"언니 피부가 더 좋아 보이는 걸요."

"아냐. 네가 더 좋아 보여. 재현이가 가족보다 너에게 더 신경 써 주는 모양이야. 누나는 그렇게 안 키웠는데 말야."

재희는 그를 톡 쏘아보았다.

똑같은 정화수를 준 재현의 입장에서는 억울했다.

사람마다 피부가 조금씩 다른 건 어쩔 수 없지만 그가 보기에는 둘 다 똑같았다.

'원래 남의 떡이 큰 법이긴 하지.'

재현은 이제 그러려니 넘겼다.

재희는 운다인을 바라보더니 갑자기 덥석 손을 잡았다.

"운다인이라고 했지?"

"그, 그런데요?"

운다인이 당황스러워하는 게 보인다.

“운다인. 다음에 정화수 만들 때 성능을 좀 더 좋게 해 줄 수 있니?”

“누나…….”

사람의 욕심은 끝이 없다고 하던가.

이미 피부 하나는 끝내주게 좋아졌으면서 더 좋아지지 않을까 운다인에게 직접 부탁하는 그녀였다.

거기서 더 좋아질 게 없어 보이지만 운다인은 일단 고개를 끄덕였다.

“그럴게요.”

“고마워~!”

운다인을 꼭 끌어안는 재희.

그러면서 운다인의 머릿결을 손으로 만지며 황홀한 표정을 지었다.

정작 끌어안긴 운다인은 숨이 막힌 듯 발버둥을 쳤지만 말이다.

“재현이가 여자였다면 매일 이렇게 해 줬을 텐데 말야. 머릿결도 부드러운 것 봐.”

“내 의지로 성별을 정하는 게 아니라서 말야.”

여자로 태어났다면 굳이 헤드록이 아니라 평소에 저렇게 숨 막히게 끌어안기게 되었다는 소리가 아니던가.

살면서 남자로 태어난 걸 이렇게 감사하게 여기게 될 줄은 몰랐다.

재희는 운다인으로 부족했는지 다른 정령들도 끌어안고 머리를 매만졌다.

"아, 정령들은 부럽다. 이 머릿결 봐."

"내가 안 말했나? 정화수는 머릿결에도 좋아."

"정말?!"

"응. 나중에 머리 감을 때 비눗물 제거하고 정화수를 바르고 자연 바람으로 말려. 반드시 자연 바람으로 말려야 돼."

왜 그걸 이제야 말해 주냐는 듯 쳐다보는 재희.

그러고 보니 윤정의 머릿결도 꽤 좋았다.

자신에게 안 알려 줬다는 것이 이렇게 건방져 보일 수 없었다.

"환자만 아니었으면 헤드록 걸었다."

"환자라서 다행이라고 생각한 건 이번이 처음이네."

재현은 실없이 웃었다.

* * *

윤정과 재희가 돌아갔다.

의식은 되찾았다 하더라도 절대 안정을 취해야 하기 때문에 면회가 제한된 탓이다.

재희는 이제 정신도 차렸으니 굳이 자신이 여기에 있을 필요 없겠다며 재현의 집에서 자고 온다고 말하고 훌쩍 가버렸다.

덕분에 정령들과 대화할 시간이 늘었다.

재현은 운다인과 썬더러에게서 자신에게 있었던 일을 구체적으로 들을 수 있었다.

"바닷물을 내 스스로 다뤘다라…… 혹시 정령사들은 어느 정도 실력을 쌓으면 그래?"

"아니."

다들 그렇지 않다며 고개를 저었다.

재현은 의문으로 가득한 표정을 지었다.

정령들의 이야기를 듣고 기억을 더듬자 어렴풋이 당시의 기억이 나기는 했다. 하지만 어떻게 한 것인지 이해할 수 없었다.

"마치 재현이 네가 나처럼 정령력을 사용하는 것 같았어."

"넌 어떻게 해서 물을 다루는데?"

"재현이의 정령력을 빌려서 물을 움직여. 그러니까 머릿속으로 그린다고 생각하면 편할 거야."

"머릿속으로 그린다라……."

재현은 혹시나 싶어 커피포트에 담긴 물을 바라보며 정령력을 사용해 보았다.

정령력이 회전하며 몸 주위를 돌고는 있었지만 물은 미동조차 하지 않았다.

"안 되는데?"

"이상하네."

뭐가 문제인지 다들 몰랐다.

계약자야 모를 수 있다지만, 정령들도 모른다는 것은 정령사가 탄생한 이후 유례가 없는 일이라는 얘기다.

"어쨌든 내가 최초라는 얘기네."

"그런 것 같아. 그런데 어떻게 한 일인지 재현이만 알 텐데 그 당시 기억이 없으니…… 아무도 알아 주지 못하겠지만."

재현은 쩝 입맛을 다시면서 아쉬움을 나타냈다.

운다인의 힘을 자신이 사용하면 꽤 용이할 거라 생각했는데 그게 아니었기 때문이다.

자신도 전선에 뛰어들 수 있으니 그만큼 전력이 강화된다는 말이었다.

"단순히 폭주했다고 보기에도 어렵고. 그 당시 내가 무슨 생각을 했는지 전혀 모르겠다."

재현은 생각해 봤자 머리만 아프다며 이 일을 포기하기로 했다.

"아, 그리고 재현은 이제 상급 정령사가 됐어."

"중급 정령사가 된 지 얼마나 됐다고 무슨 벌써 상급 정령사야?"

재현은 말도 안 된다는 듯 웃으며 말했지만 다들 진지한 표정이다.

"……정말?"

"우리가 거짓말을 하겠어?"

하기야, 이런 걸로 거짓말을 할 이유가 없었다.

"재현이는 잘 모르나 본데, 지금 정령 탱크가 얼마 전과 비교가 되지 않을 만큼 부피가 커졌어. 우리들을 전부 하루 종일 소환해 놓고 아무렇지 않은 것이 그 증거야."

이쯤 되면 다들 그의 정령력을 생각해 정령계로 돌아가야 했다.

그러고 보니 꽤 장시간 소환했는데 딱히 힘들다고 느껴지지 않았다.

오히려 여유로웠다.

정령력이 소모된 것 같지도 않은 기분이었다.

"그러고 보니 운다인이 운디네였을 때 다들 소환했던 것처럼 아무렇지 않네?"

지금의 정령력이라면 다들 중급 정령으로 만들어도 여유로울 것 같다는 생각이 들었다.

'최하급과 하급은 별 차이가 안 나는데 중급부터 단계마다 엄청나게 차이가 나네?'

모든 면에서 차이가 났다. 정령력을 채울 수 있는 부피 면에서도 그렇고, 위력 면에서도 그렇고.

재현은 자신이 점점 괴물이 되어 가는 기분을 맛보면서 눈을 끔뻑거렸다.

"깨달음을 얻은 거야?"

"깨달음?"

잘 생각해 보니 확실히 그때 커다란 것을 얻은 기분이었다.

정신이 없어 지금까지 몰랐는데 그게 깨달음을 얻었던 것이었다.

자연의 힘을 조종하는 게 아닌 빌려 오는 것. 나는 자연의 일부라는 것.

어떻게 보면 당연한 말이지만, 재현에게 있어 많은 생각을 하게 해 주었다.

"응. 맞아."

"재현이 '자연의 일부다.' 라고 하고 변했어."

재현은 그 말을 듣고 눈을 휘둥그레 떴다.

"내가 정말 그런 말을 했어?"

"응."

"오글거려!"

그 당시 왜 그런 말을 했는지 자세히는 모르지만 뭐라고 중얼거렸던 같았다. 오글거려 죽을 맛이었다.

* * *

윤정이 아침 일찍 찾아와 재현을 간호했다.

"오빠, 아~ 해 봐."

"에이, 창피하게."

"뭐 어때. 어차피 보는 사람도 없는데."

참고로 재현이 입원한 병실은 독실이다. 국가에서 나름 지원해 준다고 독실을 쓰게 해 준 것이다.

"아~"

재현이 입을 벌리자 윤정이 그 입에 과일을 넣어 주었다.

그녀는 옆에서 수발을 들어 주고, 음식을 떠먹여 주거나 과일을 깎아 주었다.

움직이지 못해 창피하기도 하고 부끄러운 경우도 있었지만, 그녀는 괜찮다며 손과 발이 되어 주었다.

의사에게 듣기로는 한 달은 족히 입원해야 한다고 한다.

능력이 폭주해 자신의 힘을 넘어서 사용한 게 육체적 피로를 유발한 것 같다며 회복되는 데 그만큼의 시간이 필요하다고 했다.

얼굴도 모르는 간호사에게 받았을 때와는 달리 윤정이

먹여 주니 기분도 좋았다.

"우리 오빠 잘 먹네."

"우리 자기가 먹여 주니까 병원 밥도 맛있는 것 같아."

그런 닭살 멘트를 하며 하하호호 웃는 그들.

마침 때맞춰 도착한 재희는 이런 모습을 보고 징글징글하다는 듯 바라보았다.

"아주 깨가 쏟아지네, 깨가 쏟아져. 닭살 커플은 많이 봤지만 내가 본 커플 중 너희들이 가장 심한 것 같다."

"누나도 이러지 않았어?"

"최소한 너희들처럼은 아냐."

그러면서 옆에 털썩 앉는 재희. 재현이 의식이 없었을 때 윤정과 그녀는 서로 얘기를 많이 했다.

얘기도 해 보고 느꼈는데 예의도 바르고 심성도 올바르다.

또 하는 것을 보면 그 어떤 여성도 남자친구에게 수발을 다 들어 주는 것은 못하리라는 생각이 들었다.

궁합도 이런 찰떡궁합이 없다.

"너희들 결혼할 거냐?"

난데없이 이런 말을 하니 윤정이 당황스러워했고, 재현은 고민을 하는 표정도 안 지었다.

"솔직히 난 진지하게 생각하고 있는데."

처음이야 당연히 연애할 생각으로 사귀지만 차차 시간이

지나면 변하는 법이다.

재현의 경우에는 윤정과 사귀기 시작한 지 얼마 지나지 않아 결혼해도 괜찮겠다고 생각을 했다.

미인이고, 머리도 좋고, 성격도 참하다.

사귀면서 서로를 알아 간 결과, 윤정 같은 사람이 없을 거라 자신했다.

여자친구라서, 콩깍지가 씌워서 그런 것이 아니라 객관적으로 판단해서다.

이런 여자를 놓친다면 분명 후회할 거라고 생각할 정도다.

극단적으로 윤정이 아니면 안 돼! 라는 생각을 한 적도 몇 번 있었다.

"그럼 동생의 생각은 어때?"

여기서 재희가 말하는 동생은 재현이 아닌 윤정이다.

그녀는 얼굴을 붉히며 조심스럽게 입을 뗐다.

"아버지가 얼른 하라고는 하시는데……."

"본인은 생각이 없다는 것 같은데, 재현아?"

"아, 아뇨. 그런 건 아니에요!"

윤정이 허둥지둥 손을 흔들며 당황해했다.

재희는 재현에게만이 아니라 남에게도 짓궂게 하는 경향이 있는데, 그저 장난을 치는 것이다.

나름대로의 친밀감의 표현인데 이를 잘 모르는 윤정은

당황할 수밖에 없다.

그녀의 반응이 재밌었는지 재희가 짓궂게 웃고 있었다.

윤정은 재희의 웃는 표정을 보고 그제야 장난인 것을 알고 너무하다는 듯 바라보았다.

재희는 호호 웃으며 사과했다.

“미안미안. 설마 이렇게까지 반응할 줄은 몰랐어.”

원래대로라면 여기서 포기하지 않겠지만 동생의 여자친구라서 그런 걸까, 아니면 안면을 튼 지 얼마 되지 않아서일까.

이대로 순순히 물러나 주는 재희였다.

“오빠의 행동을 엿본 거 같았어.”

“내 행동이 어때서?”

“아무것도 아니야.”

윤정은 말해 주지 않겠다는 듯 혀를 내밀었다.

재현도 찔리는 감이 없잖아 있었다.

‘다 누나한테서 배운 거지 뭐.’

자신의 행동은 남에게도 전염된다고 하던가.

재현이 딱 그 꼴이다.

거의 자신을 키우다시피 한 재희다.

그녀의 행동, 생각, 버릇이 그에게 옮지 않는 게 이상하다.

좀 안 좋은 버릇이 옮긴 했지만, 자신도 할 때와 안 할 때 그리고 어느 정도에 끊어야 될지 아는 사람이다.

여태껏 짓궂게 해서 사람의 기분을 상하게 한 적은 없었다. ……아마도 그럴 거라고 생각한다.

"어쨌든 둘 다 생각은 있다는 말이지? 끙."

재희는 큰 고민이 있는 듯 앓는 소리를 냈다.

"누나는 반대야?"

"아니, 그런 건 아냐."

"그럼 뭔데?"

"네가 먼저 결혼하면 엄마가 나한테 언제 결혼할 거냐며 더 닦달할 거 아냐. 안 그래도 맞선이라도 보라고 하는 마당인데. 난 아직 남자친구도 없다고! 생겨도 금방 떨어져 나가고!"

"……."

순간 주위가 고요해졌다.

그녀를 잘 아는 재현은 왜 남자들이 금방 떨어져 나가는지 안다. 분명 성격 차이일 것이다.

기가 세고, 행동파인 누나이다.

남자들이 그 기에 눌려 떨어져 나가는 것이리라.

재희의 눈에서는 한 방울의 눈물이 흘렀다.

"잠깐. 눈물 좀 닦고."

"……."

의도치 않게 자폭을 해 버린 그녀를 바라보며 재현은 뭐라고 위로해야 할지 갈피를 못 잡았다.

윤정은 그 옆에서 조심스럽게 위로해 주었다.

* * *

그렇게 한 달이라는 시간이 지났다.

재현은 한 달간 입원 치료를 받다가 오늘 퇴원했다.

"아, 심심해 죽는 줄 알았네."

입원하다 보면 느끼는 거지만 할 수 있는 것들은 상당히 제한되어 있었다.

얼마나 할 게 없던지.

윤정이나 재희가 오면 그나마 덜 심심했지만 돌아가면 심심해 죽을 맛이었다.

책도 읽어 보고, 정령들과 대화를 나누어도 시간이 그렇게 안 갈 수 없었다.

몸이 움직인 후부터는 몰래 나가 운동을 하는 일이 비일비재했다.

의사하고 간호사들에게 걸려 혼나기도 했지만 말이다.

"재현아, 어제 너한테 택배 왔었어."

재희는 재현의 집에 머물며 집을 청소해 주고, 생활도 하고 있었다. 세금 통지서가 오면 알려 주고는 했는데 오늘은 택배가 온 모양이다.

“무슨 택배?”

뭔가 산 기억도 없는데 무슨 택배가 왔단 말인가. 재희는 어깨를 한 번 으쓱였다.

“일단 받기는 했는데 안 열어 봤지. 헌관위에서 온 것 같은데 뭐가 왔는지 자세한 건 모르겠어.”

“헌관위에서?”

뭐가 왔는지 잘 모르겠다. 따로 줄 게 있나 싶기도 했지만 그건 집에서 확인하자고 생각했다.

재현은 킵보이를 만지며 자신에게 온 메일이나 공지가 없는지 확인해 본다. 재희는 이를 신기하게 바라보았다.

“그건 뭐야?”

“킵보이라고, 헌터들에게 지급되는 다방면의 정보를 알 수 있는 물건이야.”

재현은 간단하게 몬스터 정보, 공지, 몬스터 반응 등을 알 수 있다고 소개시켜 주었다. 재희는 이런 것도 있구나 생각하며 그가 옆에서 하는 걸 지켜본다.

별로 쓸 곳 없는 메일들은 전부 삭제하고, 그의 눈에 뭔가 밟혔다.

[헌관위 재정관리부에서 ‘박재현’ 님께 보상금을 입금하였습니다. 궁금증이 있으면 연락해 주시기 바랍니다.]

"이게 뭐야?"

"돈 들어왔어?"

"그런 모양인데? 보나 마나 얼마 들어오지도 않았겠지만."

재현은 이번 몬스터 소탕으로 국가에서 보상금이 나왔다고 메일이 와 얼마나 들어왔겠냐는 듯 은행 사이트에 접속해 잔고를 확인해 보았다.

통장에 있는 잔고를 확인하고 그의 눈이 화등잔만큼 커졌다.

[30,720,964,720]

300억.

30억을 잘못 봤나 계속 세어보았지만 몇 번을 세어보아도 300억이다.

"운다인, 누나. 지금 내 눈이 잘못된 거 아니지?"

"일, 십, 백, 천, 만, 십만……."

운다인과 재희는 1단위부터 세어 보았다.

마찬가지로 300억에서 끝났다.

재희는 천문학적인 금액에 두 눈을 휘둥그레 떴다. 그녀는 억 단위를 직접 보는 것이 이번이 처음이었던 것이다.

"보상금치고 너무 많은데?"

재현의 입장에서도 이 돈은 천문학적이라는 건 다르지

않았다. 일단 액수가 맞는지 확인하고 문의를 넣자고 생각했다.

*　　*　　*

재현은 보상금을 너무 많이 준 게 아닌가 싶어 문의를 넣었다. 그리고 한 시간이 지나자 이와 같은 답변이 왔다.

[국가적 재난인 자이언트 크라켄의 소탕에 큰 기여를 하여 300억이 맞습니다.]

"……."

억대를 버는 게 이제 일상적이긴 하지만 300억은 솔직히 말해 재현에게도 비현실적이다.

그러니까 한 달 만에 재현이 열 달은 한 푼도 쓰지 않고 족히 사냥해야 벌 돈을 번 것이다.

물론 지금이라면 못 벌 건 없지만 해양 몬스터를 사냥해 팔면서 골고루 분배되어 돈이 좀 쌓였던 재현이었다.

정부에서 숙소 비용이나 식비 같은 게 따로 나왔기 때문에 실질적으로 그가 서해안에서 쓴 돈은 한없이 제로에 가까웠다.

순이익만 해도 300억. 거기다 헌관위에서 왔다는 택배 박스를 열어 보니 많은 양의 수정체 가루가 있었다.

재현이 잡은 크라켄이기에 지분은 그에게 있다며 수정체 가루를 보내 온 것이다.

재현은 많은 양의 수정체 가루를 보고 이걸 또 어디에 써야 할지 고민을 했다.

보아하니 꽤 높은 에너지를 가진 수정체였다.

이것만 판다 해도 꽤 많은 돈이 될 거란 생각이 들었다.

"일단 팔긴 팔아도 좀 남겨 둘까?"

수정체 가루가 있으면 여러 방면으로도 쓸 수 있기 때문에 일단 남겨 두기로 했다. 지금은 쓸 일이 없지만 나중에 쓸 일이 있을지도 모르기 때문이다.

"재현이가 순식간에 부자 됐네."

"그러게 말야."

솔직히 말해 이 돈은 쓰려고 해도 쉽게 쓸 수 없는 돈이었다.

이걸 어디에 써야 할지 막막할 정도였다.

일단 엄마에게 40억가량을 보냈다.

이 돈이면 노후 자금은 충분하고도 남는다. 그리고 또 누나에게 뭘 해 주면 좋을까도 생각했다.

"누나. 체인점 내줄까?"

"체인점은 왜?"

"그러면 누나도 돈 벌기 쉬워지잖아."

"됐어. 동생 돈 잘 번다고 손을 벌리기는 싫어."

재희는 손을 휘휘 저으며 거절했다.

동생이 돈을 잘 번다 해도 자신의 힘으로 레스토랑을 키우고 싶은 재희였다. 뭔가를 받는 것도 부담스러워하는 것도 있지만 동생에게 손을 벌리는 건 싫었다.

하지만 재현도 포기하지 않았다.

"이건 내가 해 주고 싶어서 하는 거야. 누나가 날 업어 키울 때, 집이 파산했을 때, 내가 군대 갈 때, 아버지 돌아가실 때. 누나가 엄청 고생했잖아."

재희가 어렸을 적부터 얼마나 고생했는지 옆에서 지켜본 재현이다.

집이 어려우면서도 공부를 포기하지 않고 아르바이트까지 병행하면서까지 가장의 역할을 했다.

그 반면 재현은 방황한다고 집도 들어가지 않고 사고도 쳤다.

가족들의 속을 무지하게 썩였다.

그때를 생각하면 지금의 재현이라도 재희처럼 쉽게 할 수 없는 일이었다.

책임감이 강한 누나 덕분에 늦기 전에 자신이 이렇게까지 될 수 있었다고 생각한다.

"됐어. 이미 지나간 일이잖아. 누군가는 해야 될 일이었으니까."

"그 누군가가 해야 될 일을 내가 안 해서 누나가 내 몫까지 했잖아."

"그걸 아직도 마음에 두고 있었구나?"

재희는 호호 웃으며 그의 머리를 쓰다듬었다. 아무리 컸어도 그녀에게 재현은 귀여운 동생인 모양이다.

"내가 해 줄 수 있는 게 이것밖에 없는데 이렇게라도 갚아야지."

"그래, 그럼 네 마음대로 해. 대신 빌리는 것뿐이야. 나중에 돈 왕창 벌어서 체인점이 늘면 돈 다 갚을 거야."

"그래."

이것은 재희에게 있어서 크게 타협을 본 사항이다.

재현은 이것만 해도 충분하다고 생각했다.

자신의 자본이 밑바탕이 되어 누나의 레스토랑 체인점이 늘어 잘 살면 좋을 테니까.

*　　*　　*

"결혼이라……."

윤정은 어제 재희의 말을 잊을 수 없었다.

장난 삼아 말한 것이지만, 그녀에게 있어서도 결혼은 중요한 문제였다.

솔직히 말해 그녀는 결혼까지 생각해 본 적이 없었다.

서로 사랑하고 아끼고는 있지만 결혼은 평생을 함께해야 하는 문제기 때문이다.

'오빠는 나와 결혼까지 생각하고 있었구나.'

그만큼 자신을 사랑하고 있다는 뜻이니 기분이 나쁘지 않았다. 오히려 좋았다. 하지만 윤정은 자신의 마음을 아직 제대로 몰랐다.

그와 사귄 지 고작 몇 개월.

몇 년 만난 사람도 결혼은 신중하다고 하는데 몇 개월 만난 걸로 결혼까지 생각하는 게 옳을까란 현실적인 생각이 들었다.

"무슨 걱정을 그렇게 해?"

"아빠. 제가 재현 오빠랑 결혼하는 거 어떻게 생각해요?"

"사위랑? 왜, 결혼하자고 하니?"

드디어 올 게 왔는가 하는 표정을 짓는 준영.

준영은 이미 재현을 사위로 맞을 준비가 확실했다.

그걸 내비추듯 재현을 편하게 사위라고 불렀다. 그는 눈빛부터 기대로 가득했다.

윤정은 고개를 저었다.

결혼을 생각하고 있지만 직접적으로 말한 적은 없었다.

그에게도 평생을 함께해야 할 문제니 신중할 수밖에 없을 거라는 생각이 들었다.

"아뇨, 형님이 물어봐서요."

"형님? 사위에게 누나가 있었니?"

"네."

윤정에게 재현에 대해 들었지만 가족 관계에 대해서는 잘 몰랐던 준영이다.

"근데 갑자기 결혼은 왜?"

딸이 갑자기 결혼에 대해 물어보면 어느 집 아버지나 다 이런 반응일 것이다.

"사실 오늘 형님이 결혼할 거냐는 말을 했거든요. 오빠는 생각이 있다고 했는데, 전 대답을 못 했어요."

"왜, 결혼은 생각에 없니?"

"거기까지는 아직 생각을 하지 못해서요."

"우리 딸이 무엇 때문에 고민하는지 한번 들어 볼까?"

그는 그녀에게 이런저런 말을 들어 보았다. 윤정의 말을 다 듣고 그가 빙그레 웃어 보였다.

"그러니까 생각도 하지 않은 문제인데 진지하게 생각하게 되니까 심경이 복잡하다 이 말이구나?"

누구나 그렇듯 갑자기 결혼에 대해 생각하게 되면 복잡해지기 마련이다.

준영도 그랬고, 그녀의 어머니도 그랬다.

"아빠가 네 엄마랑 만났을 때도 비슷했었단다. 평생을 함께해야 하다 보니까. 남자도, 여자도 결혼에 대해서는 진지해질 수밖에 없단다."

"그런데 오빠는 좀 가볍게 말한 것 같아서요."

장난으로 한 것 같지는 않은데 너무 즉답이었다고 할까.

이런저런 생각이 꼬인 모양이었다.

"남자는 때론 가볍게 말하는 것 같아도 진지한 일에 결코 가볍게 말하는 생물이 아니란다. 물론 사람마다 다르긴 하지만 말이다. 사위에 대해서는 윤정이 네가 훨씬 잘 알지 않니?"

"네."

윤정이 아는 재현은 가끔 짓궂게도 굴지만, 신중한 면이 많았다.

장난을 쳐도 웃으며 넘어갈 만한 선을 지키며 진지한 일에는 그 누구보다도 진지해진다.

또 한 번 신중히 생각해 결단을 내리면 굽히지 않을 정도로 우직한 성격이기도 했다.

"결혼까지 생각이 있다는 건 그만큼 널 좋아하고 이미 마음을 결정했다는 뜻이란다. 사위가 결단이 빠르긴 하지만 허투루 결정하는 사람이 아니지 않니?"

"네. 재현 오빠는 신중해요. 아마 제가 모르는 사이 혼자 생각했을 거예요."

"그럼 된 거 아니니? 사위는 이미 결정한 거고, 이제 딸의 결정만 남았단다. 지금부터라도 고민해 보거라. 과연 이 사람이 나와 평생을 할 수 있는 사람인지, 아닌지."

그 말에 윤정이 고개를 끄덕였다.

그녀에게도 일생 중 가장 고민해야 할 시기가 찾아왔다.

* * *

퇴원도 하고 보상금까지 받았겠다 내친김에 재현은 어머니에게 전화를 걸었다. 그러자 어머니는 대뜸 재현이 보낸 돈에 대해 물어 왔다.

일전에 300억을 받아 보낸 돈의 일부였다.

보상금의 일부라고 대답하니 아들이 목숨을 잃을 뻔한 대가로 얻은 돈은 받을 수 없다며 거절하려는 지혜 때문에 재현과 재희가 또다시 설득을 했다.

몇 시간이고 통화해 어떻게든 설득은 시켰지만 진땀을 빼야 했다.

용돈치고는 많은 돈이기도 했지만, 어머니답게 아들을 걱정하는 마음이 더 컸다.

"누나. 내가 퇴원하자마자 사냥 나간다고 하면 어머니가 한 소리 하시겠지?"

"아마 이번에는 기필코 헌터 그만두게 하겠다고 할걸?"

목숨을 대가로 돈을 버는 일은 누가 봐도 위험한 일이다.

재현도 강제적인 일이 아닌 이상 앞으로 위험한 일에는 가지 않으려고 하고 있었다.

재희는 집으로 돌아가기 위해 가지고 왔던 짐을 쌌다.

추가로 재현이 정화수를 가방에 가득 채워 두었다.

무게가 꽤 되는데 그녀는 아무렇지도 않다는 듯 거뜬히 짊어 멨다.

"누나. 벌써 가게?"

퇴원한 날 정도는 있다가 가라고 했지만, 재희는 고개를 저었다.

"너 퇴원하고 가려고 생각하고 있었으니까. 언제까지 가게를 맡겨 둘 수도 없잖아."

"그래도 하루 정도는 괜찮잖아. 나 퇴원한 기념으로 윤정이랑 누나랑 같이 맛있는 거 먹으려고 했지."

"하여튼 여자친구 하나는 극도로 챙기는구나? 됐어. 다른 가게보다 내가 만드는 게 훨씬 더 맛있으니까."

자기 얼굴에 금칠을 하고 있는 것 같지만 확실히 재현이 판단해도 그녀는 요리를 잘했다.

어지간한 맛집이 아닌 이상 그녀의 입에 맞지도 않았다.

재현도 입맛이 까다로운 편인데, 그것은 재희의 요리 실력에서 비롯된 것이었다.

"누나가 해 준 밥도 오랜만에 먹어 보려고 했지."

"그럴 줄 알고 반찬 냉장고에 넣어 뒀으니까 그거 먹어. 귀찮다고 끼니 거르는 거 아니지?"

"매끼 챙겨 먹고 있으니 걱정하지 마."

그 말에 재현이 피식 웃었다.

자신을 업어 키운 누나 아니랄까 봐 끼니를 제대로 챙겨 먹는지 먼저 걱정하는 재희였다.

"집에 돌아가면 누나가 어머니에게 잘 말씀드려 줘."

"그래. 근데 나라고 언제까지 통하리란 법은 없으니까 네가 걱정시킬 일을 만들지 말고 조심해야 한다?"

"응. 나도 이번 건 어쩔 수 없는 일이었다고 말해 주고."

"그래. 위험한 행동 하지 말고. 자주 안부 전화해. 너희들도 재현이 잘 부탁할게. 위험한 행동을 하려고 하면 말려 줘."

재희가 정령들에게 부탁한다.

다들 자신만 믿으라는 듯 자신 있게 고개를 주억였다.

재현은 하하 웃었다.

재희는 모두에게 인사를 하고 짐을 챙겨 나갔다.

재현은 그녀를 배웅해 주고, 도착하면 연락하라고 말한 뒤 차에 탑승했다.

한 달 동안 푹 쉬었으니 일을 하러 가기 위해서였다.

그는 운다인과 다른 정령들에게 말했다.

"오랜만에 신나게 놀아 보자."

"응! 그래도 위험한 곳에 가면 안 돼. 알았지?"

운다인이 재희를 따라하듯 장난스럽게 말하자 재현이 피식 웃었다.

"안 가. 내 실력에 맞는 곳에 갈 거야."

이번에 일이 있기도 하고, 최대한 안전한 곳에서 사냥을 할 생각이다.

썬더러가 자신의 가슴을 친다.

"위험한 곳에 가더라도 우리가 지켜 줄 테니까 걱정하지 마!"

메타리엔과 노움도 옆에서 거들었다.

"방어는 내가…… 책임질게……."

"노력할 테니까 걱정하지 마세요."

재현은 다들 머리를 쓰다듬어 주었다. 남들은 어떻게 생각할지 모르지만 재현에게 이 녀석들만큼 듬직한 애들은 없었다.

Chapter 06
민간 헌터

퇴원을 하고 재현은 돈은 저축한 채, 일에 여념이 없었다.

돈을 굳이 벌려고 하지 않았지만 일은 꾸준히 하고 있었다.

이제는 돈이 목적이 아닌 그저 사냥과 자신의 정령력 발전에 더 몰두하고 있었다.

이번에 그는 오랜만에 의뢰를 맡았다. 이번 의뢰는 소탕이 아닌 채집 의뢰였다.

춘천의 유령도시.

이곳은 희한한 몬스터들이 많이 있기로 유명했다.

특히 이곳에서 가장 유명한 녀석은 기계로 된 몬스터다.

발견 초기에는 미스테리한 몬스터로 남았는데, 지금은 기계가 어떻게 몬스터가 되었는지 밝혀져 있었다.

기생충처럼 작은 몬스터가 그 원인이다.

머신 기생충이라는 이름을 가진 몬스터다.

크기는 커 봤자 고작 성인 남성의 손을 펼친 정도밖에 안 되는 녀석이다.

녀석은 기계에 기생해 자신의 몸을 단단하게 덧붙이고, 강화한다.

철골을 몸에 덧씌우다 보니 어느새 크기가 커지고, 인간을 위협하게 되었다.

생존의 시대 당시 세계를 멸망시킬 몬스터라며 악명을 떨쳤던 녀석인데, 약점이 알려지고 나서는 손쉬운 사냥감으로 전락해 버렸다.

녀석의 약점은 물과 전류.

녀석들은 반드시 전자기기의 부품을 사용하는데, 그 이유는 정교하게 만들어 더욱 뛰어난 신체를 가지기 위함이다.

허나 그것이 녀석에게는 크나큰 약점이 되어 버렸다.

전자기기가 물이나 전류에 매우 약하다는 건 다섯 살짜리 꼬마 아이도 다 아는 사실.

물을 뿌리면 기능의 일부가 마비가 되고, 전류로 공격하면 내부가 타 버린다.

녀석에게 건질 것은 수정체 하나뿐일지도 모르지만, 녀석의 존재 자체만으로도 그 가치는 컸다.

어떻게 기계들을 조립하고 그걸 로봇처럼 만드는지에 대한 연구 때문이다.

그 덕분에 현재 로봇과 같은 산업의 규모가 커지고 연구의 진전이 있었다.

최근에는 타국에서 무인 로봇을 이용해 민간 헌터들의 안전이 보장되었다고 한다. 몇 년 후면 한국도 상용화할 계획이라고 하지만 그건 두고 볼 일이다. 비용 문제를 떠나 여러 가지 반발도 많지 않기 때문이다.

무인 로봇을 사용해 몬스터들을 사냥하는 것은 민간인들의 안전이 보장되지만 민간 헌터들은 생존이 걸리게 되어버린다.

민간 헌터들처럼 능력도 없는 이들이 무인 로봇에 의해 생계를 빼앗기게 되는 셈이다.

어쨌거나 지금 당장의 일도 아니거니와 재현은 별로 상관없기 때문에 단지 흥미로운 듯 기계 몬스터를 바라볼 뿐이다.

재현은 무너진 빌딩의 뒤에 숨어 철물들이 모여 형태를 갖추며 조립이 되고 있는 모습을 보고 있었다.

그 가운데에는 벌레가 있었다. 이번에 재현이 채집해야

할 몬스터였다.

"살다 살다 몬스터를 채집으로 분류하는 경우는 처음 봤네."

그건 기계 기생충 자체가 그다지 힘이 없기 때문일지도 모른다.

재현은 그 벌레를 향해 레이저를 쏘았다.

이름: 기계 기생충

종류: 기생충과

등급: C

-기계에 기생하는 기생충. 철골, 철물 등 금속으로 된 것으로 몸을 감싸 스스로를 보호하며 전자 제품을 메인으로 움직임을 구현한다. 어떻게 기계들을 조종하는지는 아직도 연구 성과가 나지 않았다. 기계를 완전히 덧붙인 형태는 다양하다. 녀석의 몸 자체는 아무런 힘이 없다. (Tip. 물과 전류에 약하다.)

직접 조립하고 있는 모습은 누가 봐도 흥미로웠다.

어떻게 하는 건지 녀석이 움직일 때마다 철골이 굽어지거나 펴지고 있었다.

재현은 녀석이 눈치채지 않도록 조심스럽게 다가가더니

손으로 녀석을 잡아챘다.

녀석이 그의 손 안에서 몸부림쳤다. 곧, 녀석이 만들던 기계들이 움직이기 시작했다.

"메타리엔, 부탁할게."

"알았어……."

메타리엔은 금속의 정령. 녀석도 금속을 조종하는 것 같지만, 메타리엔의 힘이 더 우위에 있던 모양이다.

금속들이 녀석에게 향하려고 했지만, 메타리엔이 단단히 붙잡아 주어 금속은 꿈쩍도 하지 않았다.

녀석이 그의 손아귀에서 빠져나가기는 힘들었다.

"으~ 느낌이 이상해."

재현은 얼른 녀석을 천으로 된 자루에 넣어 버렸다.

그러자 금속이 언제 그랬냐는 듯 힘을 잃고 움직임을 멈췄다.

녀석은 자루 안에서 발버둥 치고 있었지만 한 대 때리자 잠잠해졌다.

재현은 자루를 옆구리에 묶어 두었다.

메타리엔은 꾸물꾸물 움직여 재현의 후드에 쏙 들어가더니 편히 누워 다시 잠에 빠졌다.

그는 잠깐 피식 웃어 주고 녀석이 조립하고 있던 기계들에게 눈길을 향했다.

"CPU하고 램…… 전선하고 전기 충전기? 진짜 로봇을 만드나."

조립을 하는 도중에 재현이 채집해서 쉽게 잡을 수 있었지만 완성된 형태는 어떨지 궁금했다.

재현은 무너지지 않은 빌딩으로 향했다.

건물 안으로 진입하고 몬스터의 반응을 살피니 한 마리가 신호에 잡혔다. 그리고 길을 따라 핏자국이 나 있었다.

아직 피가 마르지 않은 걸 보니 이곳에 온 지 얼마 되지 않은 것 같았다.

어떤 몬스터인지 직접 확인하기 전까지 알 수 없기 때문에 최대한 발소리가 나지 않게 움직였다.

천천히 이동하자 몬스터가 모습을 드러냈다.

블레이드 퓨마가 간신히 숨만 내쉰 채 계단 위에 쓰러져 있었다.

녀석은 재현을 보자마자 으르렁거리며 자리에서 일어났다.

하지만 일어서는 것도 버거워 보였고, 얼마 지나지 않아 다시 쓰러졌다.

녀석의 등 뒤는 총상과 검상이 선명하게 남아 있었다.

곧 녀석이 어쩌다 이렇게 됐는지 파악할 수 있었다.

"다른 헌터들이 놓친 건가?"

완전히 놓친 거라면 재현이 가져가도 뭐라고 하지 않겠

지만 그냥 놔두기로 했다.

남의 사냥감을 중간에 가로채서 싸움으로 번지는 건 사양이었다.

애초에 재현의 목적은 사냥이 아닌 채집이다.

녀석이 이곳까지 도망쳐 온 건 얼마 되지 않았으니 곧 헌터들이 올 거라 생각했다.

그 생각은 정확히 적중했다.

정말 얼마 지나지 않아 밖에서 사람의 목소리가 들려왔다.

핏자국을 따라 이곳까지 온 것이다.

그들이 조심스럽게 계단을 오르고 있었다.

귀가 예민해진 재현은 그들이 최대한 숨을 죽인다 하더라도 올라오는 소리를 들을 수 있었다.

곧 계단을 올라온 그들이 재현을 발견했다.

"저기, 혹시 이곳으로 블레이드 퓨마가 오지 않았습니까?"

리더로 보이는 중년의 남성이 재현에게 물었다.

재현이 손가락으로 가리켰다.

"여기에 쓰러져 있어요. 아직 숨이 붙어 있네요."

재현이 한 발자국 뒤로 물러나자 그들이 블레이드 퓨마에게 다가가 해체를 시작한다.

최대한 가죽과 장기가 손상되지 않게 해체 후, 가방에

쌌다.

중년의 남성이 재현에게 물었다.

"혹시 파티를 잃어버리셨습니까?"

이곳까지 파티를 짜서 오는 사람들이 대부분이다. 그리고 사냥을 하다 보면 낙오가 되는 일도 허다해 물어본 것이다.

재현은 고개를 저었다.

"아니요. 파티 없이 혼자서 이곳에 왔습니다."

"파티 없이요? 혼자서 행동하기에 이곳은 위험하실 텐데……."

맞는 말이다.

D급부터 어지간하면 파티를 맺기 일쑤다.

이유라고 한다면 당연히 몬스터가 강해지기 때문이다.

혼자서 사냥할 수 있는 몬스터의 제한이 많아지다 보니 파티를 맺는 일이 잦아질 수밖에 없는 것이다.

더 강한 몬스터들을 잡을수록 파티를 맺는 건 필수적인 요소.

혼자서 오기에는 위험하다고 걱정해 주는 것도 이상할 건 없다.

"아는 사람이 없어서요."

파티를 맺고 싶어도 그가 아는 사람은 몇 명 되지 않는다.

그나마 파티를 맺어 본 사람도 아영이랑 유라가 전부.

최근에는 연락도 잘 안 하고 지내다 보니 소식조차 모른다.

재현이 자주 연락을 안 하는 것도 있었지만 이제 그들도 연락하길 포기한 것 같았다.

별로 신경 쓰지 않으니 상관은 없지만 그들과 파티를 맺은 것을 제외하면 다른 이들과의 파티 경험이 없었다.

앞뒤 다 생략하고 말하니 그가 안쓰럽다는 듯 재현을 바라보았다.

'날 동정의 눈빛으로 바라보는 것 같은데…….'

그 표정은 마치 제삼자가 불쌍한 이를 바라보는 시선과 비슷했다.

굳이 그 이유를 말해 줄 필요성도 없고, 말할 생각도 없었다.

신경 쓰지 말자고 생각하고는 있는데 뒤가 찝찝한 건 어쩔 수 없었다.

그냥 할 일 하자고 생각하며 옥상으로 올라가려고 했는데 그가 대뜸 물었다.

"혹시 괜찮다면 우리와 함께하지 않겠습니까?"

"예?"

"저희들이 아무 능력도 못 쓰는 민간 헌터이긴 하지만 나름 알아 주는 실력자들입니다. 하하하!"

민간 헌터.

초능력이 없는 이들이 주로 뭉쳐 생계를 위해 몬스터 사냥에 뛰어든 이들이다.

물론 이리저리 돈을 뜯기는 공식 헌터가 되기 싫어 민간 헌터가 된 이들도 있지만, 상당한 위험을 안고 사냥을 나서는 이들도 적지 않았다.

그들은 정말 겉으로만 봐도 여러 가지 장비가 몸에 장착되어 있었다.

엄청 무거워 보이는 기계들을 짊어진 여성도 있었다. 상당히 젊은 여성이다. 나이는 윤정과 비슷하거나 어려 보였다.

전신을 감쌀 정도로 커다란 방패에는 총과 검, 그리고 탄창들을 수납할 공간까지 있었다.

저런 큰 것을 한 손으로 들고 다니다니.

재현이라도 함부로 들고 다니기 힘든 장비였다.

짐을 주로 옮기는 청년은 커다란 가방을 등에 메고 있었다.

재현이 트럭을 사기 전의 모습과 동일하게 몬스터들을 넣기 위한 가방이다.

"전 지금 의뢰 때문에 기계 기생충을 채집해야 되는데요?"

"상관없습니다. 저희는 이미 잡을 만큼 잡았거든요. 기계 기생충은 어차피 보기에도 드뭅니다. 기계 기생충은 가지시고, 다른 몬스터들을 사냥하면 배분을 인원수에 맞게 하는 건 어떻습니까? 또한 저희들은 이곳에 오랫동안 사냥해서 지리도 다 알고 있습니다. 저희는 전력이 늘어 좋지요."

재현은 고민을 했다. 확실히 기계 기생충은 보기 힘들다는 얘기를 들었다.

채집을 해도 고작 세 마리다.

몬스터 사냥 의뢰 같은 경우 열 마리는 기본적으로 넘어간다.

고작 세 마리인 이유는 그만큼 개체가 적다는 의미이다.

게다가 그들은 이곳 지리를 잘 안다고 했다.

재현은 이 유령도시에서 얼마 활동하지 않아 지리를 잘 모른다.

기계 기생충은 재현이 갖고, 나머지 몬스터들은 인원수에 맞게 배분한다. 나쁜 제안은 아니었다.

지리를 안다는 건 활동 범위도 넓고, 더 많은 몬스터들을 사냥할 수 있다는 얘기이기도 했다.

재현은 기계 기생충을 얻어서 좋고, 그들은 전력이 늘어나 더 사냥할 수 있어서 좋았다. 또 인원이 늘어난다는 것은 그만큼 안전이 확보되는 것이나 다름이 없었다.

민간 헌터임에도 C급 몬스터들을 사냥하는 것을 보면 확실히 보통 실력이 아닐 것이다.

"좋습니다. 그렇게 하죠."

이렇게 오랜만에 재현은 파티를 맺게 되었다.

*　*　*

이번에 파티를 맺은 민간 헌터들은 국적이 가지각색이었다.

리더를 맡고 있는 중년 남성은 유창한 한국어를 해서 몰랐는데, 알고 봤더니 중국 사람이었다.

이름은 조환성으로, 편하게 형이라고 부르라고 말했다.

그러더니 나이가 많으니 편하게 말하겠다고 한 후, 멤버들을 소개를 시켜 주었다.

"여기 짐을 메고 있는 녀석은 사토. 이번에 갓 들어온 신입이지. 이름만 들어도 일본인이라는 건 알겠지? 이제 성인이 된 녀석인데, 여기서 가장 어리지만 나이에 비해 실력은 인정할 만하지."

사토는 겉으로 보기에 아직 앳된 티가 남아 있었다. 이제 갓 20대가 된 것 같았다.

"아, 신입이라고 해도 우리 회사에 갓 들어온 신입이라는 거지, 몇 년 전부터 헌터계에서 뛰어다녀서 실전 경험은 풍부하니까 걱정하지 않아도 돼."

"시즈카 사토라고 합니다. 사토라고 편히 불러 주세요."

사토가 반갑게 인사하자 재현도 그에 반갑게 대해 주었다.

얘기를 듣자 하니 민간 헌터는 신입이 모든 짐을 메기로 되어 있는 모양이었다.

조환성과 재현의 시선이 이제는 여성으로 향했다.

"그리고 이쪽은……."

"아일린 브리트니. 브라질인이다."

환성이 말하기도 전에 먼저 선수를 친 아일린.

외국인을 많이 만나 본 적 없는 재현이기 때문에 어느 나라 사람인지 궁금했는데 브라질인이었다.

이 파티의 유일한 여성으로, 건강미가 넘쳤으며 이 중에서 가장 힘이 세다고 한다.

확실히 그 무서운 짐을 한 손으로 드는 것 자체는 누가 봐도 경악할 일이었다.

재현이라고 해도 함부로 엄두 내지 못할 것을 한 손으로 드는 여성이다.

"근데 다들 한국어를 잘하시네요?"

영어로 대화할 법도 한데 한국어로 대화하는 게 신기했던 재현이다.

약간 어눌한 건 있다고 하더라도 그다지 신경 쓰이는 정도도 아니었다. 그러자 환성이 머리를 긁적였다.

“아일린은 영어를 할 줄 아는데, 아무래도 나와 사토가 영어를 잘 못하다 보니까.”

“한국에 오랫동안 지내다 보니 할 줄 아는 게 한국어밖에 없어서요.”

“그래서 자연스럽게 한국어를 공용어로 쓰게 되었다는 거지.”

덕분에 재현도 언어에 불편함이 없어 편해서 좋지만 말이다.

재현은 이번에 자신을 소개했다.

“저는 박재현이라고 합니다. 올해로 스물일곱 살입니다. 공식 헌터로, 정령사입니다. 중급 헌터가 된 지 두 달 조금 됐습니다.”

재현은 정령들을 모두 소환하자 다들 감탄을 터트렸다.

“이야, 정령사라니. 거기다 네 가지 속성의 정령이라. 두 가지 이상의 정령들을 다루는 정령사를 본 건 처음이네.”

환성이 감탄을 하며 정령들을 바라보았다.

낯을 많이 가리는 노움은 부끄러운 듯 재현의 뒤에 숨었다.

“정령사를 본 적이 있으세요?”

“노르웨이나 스웨덴 같은 나라에 원정 가면서 본 적이

있지. 불의 정령하고 바람의 정령을 본 게 전부지만."

"다른 나라에 많이 가시나 보네요?"

"아무래도 그게 돈이 되니까. 수정체의 가치가 한국이 가장 비싸서 오래 머물게 됐지만 말야."

공식 헌터든, 민간 헌터든 원정을 가는 방식은 비슷하다.

자신이 속해 있는 회사에서 원정을 가고 싶은 인원을 모집하여 선발 후에 외국으로 보낸다.

공식 헌터는 정부의 허락을 맡아야 하기에 절차가 복잡하다.

어지간하면 다 통과시켜 주긴 하지만 국내 상황이 좋지 않으면 출국을 막기도 한다.

예를 들어 몬스터 준동과 같은 상황일 때.

그때는 모든 헌터들이 출국이 금지되었고, 일부는 국내로 다시 돌아와야 했다.

민간 헌터는 공식 헌터와 다르게 원정에 매우 자유롭다고 볼 수 있다.

자신들이 원하면 갈 수 있는 것이다.

원정을 가는 이유는 돈을 더 벌 수 있기 때문이다.

이들도 그런 부류였다.

"소개도 마쳤으니 이제 포지션을 정해 볼까?"

*　　*　　*

이 파티의 리더인 조환성은 재현이 들어오고서 바로 포지션을 정했다.

조환성과 사토가 전방, 아일린이 중방, 재현이 후방이었다.

조환성은 방패를, 사토는 착검한 소총을 들고 있었다.

아일린은 커다란 방패에 검이든 총이든 전부 있었다.

그들이 앞에서 싸울 동안 뒤에서 총을 쏴 견제하거나 데미지를 입혀 사냥이 수월하게 진행되도록 하는 중요한 역할이다.

재현은 아일린처럼 뒤에서 견제하는 것도 있었지만 버프를 걸어 주거나 달아나는 사냥감을 추격하는 역할로 자리를 잡았다.

"온다!"

"이번에는 꽤 큰 놈입니다!"

이번에 출몰한 몬스터는 낙타였다.

이름: 바이러스 카멜.

종류: 낙타과

등급: C

-거대한 이빨을 가졌으며 등이 솟아오른 낙타다. 주로 이빨보다는 침을 뱉어 적을 공격한다. 녀석이 내뱉은 침은 엄청난 악취가 나며 바이러스가 있어 병을 걸리게 만든다. 침에 맞으면 2주의 잠복기와 함께 고열, 기침, 호흡기 질환에 걸리게 된다. 치사율이 40%이다. 사냥 전 예방약을 먹고, 먹지 못했으면 서둘러 병원에 가 약을 미리 구해 병을 예방하자. (Tip. 지(地), 화(火) 속성 공격의 저항력이 높다.)

재현은 몬스터가 나타나기 무섭게 모든 이들에게 버프를 걸어 주었다.

그들은 몸이 가벼워지고 활력이 넘치는 것을 느끼며 만족스러워했다.

"사토와 내가 녀석의 시선을 끈다! 그 틈에 아일린은 계속 데미지를 넣어 줘!"

"여부가 있겠습니까."

아일린이 건성건성 대답하고, 그들이 앞서 달려가며 바이러스 카멜의 시선을 끈다.

사토가 방패로 막아 주고 있는 조환성의 뒤에서 총을 쏘았다.

별다른 데미지를 못 입히는 것을 보니 대괴수용 탄이 아닌 일반 실탄인 것 같았다.

그들의 목적은 자신들이 잡는 게 아니라 시선을 끄는 것일 뿐이다.

자신의 역할에 충실하게 위치를 사수했다.

아일린이 방패에 꽂혀 있던 총을 꺼냈다.

산탄총이었다.

그녀는 장전을 하고, 그들이 범위를 벗어났을 때 방아쇠를 당겼다.

탕! 탕! 탕!

한 손으로 산탄총을 들고 그사이 조준해서 쏘는 아일린.

노리쇠를 장전하고 발사하는 식의 산탄총인데, 그걸 전부 한 손으로 해내고 있었다.

현역으로 2년 가까이 군 생활을 해 본 재현은 저게 얼마나 경이로운 일인지 잘 알고 있었다.

결코 아무나 할 수 있는 경지가 아니었다.

순식간에 여러 발의 총알이 몬스터들의 몸에 쏟아졌다.

대괴수용 탄을 쓴 듯 총에 맞고 녀석이 괴로워했다.

"그거 한 발에 백만 원짜리 아니에요?"

"그러니까 빨리 잡아 줘. 지금 삼백만 원 썼으니까."

이렇게 사냥하면 남는 게 있긴 한가 생각했지만 C급 몬스터가 돈이 좀 많이 되니 부족하지는 않을 것이다.

빨리 못 잡으면 손해지, 금방 잡으면 딱히 손해도 아니다. C급 몬스터가 아무리 가격이 낮아도 천만 원은 넘으니까.

재현도 움직였다.

여러 마리일 때는 위치를 지키고 각자 역할을 수행하면 되지만, 한 마리만 있을 때는 일제히 공격하기로 된 것이다.

"운다인, 아쿠아 스피어!"

마음 같아서는 강하게 공격하고 싶었지만, 운다인의 거의 모든 공격 기술은 범위 공격이다.

운다인이 범위 공격을 하다가 조환성과 사토가 맞을 위험이 있기 때문에 최대한 단일 개체를 강하게 공격할 수 있는 기술을 사용했다.

아쿠아 스피어는 녀석의 옆구리에 작렬했다.

"머어어어!"

소와 비슷한 소리를 내며 괴성을 지르는 바이러스 카멜.

그러나 그리 큰 데미지를 입히지는 못했다.

녀석의 시선이 조환성과 사토에게서 재현에게로 향했다.

하지만 사토가 그리 놔두지 않았다.

이번에 대괴수용 탄이 들어 있는 탄창으로 갈아 끼우고 녀석의 몸에 한 발씩 총알을 꽂았다.

그러나 데미지는 전체적으로 재현의 아쿠아 스피어가 강력했는지 녀석이 그를 향해 달려들었다.

아일린이 재현을 보호하기 위해 그의 앞을 막아서며 소리쳤다.

"뒤로 달아나!"

그녀는 산탄총에 총알을 재빨리 채워 넣는다. 하지만 재현은 오히려 그녀의 앞을 막아섰다.

"썬더러, 라이트닝 차징!"

썬더러의 손에서부터 하나의 빛줄기가 녀석에게 쏘아졌다.

녀석이 감전되어 쓰러졌지만 전투 불능이 된 것은 아니었다.

천천히 일어섰지만 충격이 아주 없지는 않은지 녀석이 머리를 흔들었다.

"노움, 어스 트랩!"

어스 트랩을 사용했지만 딱히 땅이 파이지는 않았다.

아스팔트 도로이니 당연히 어스 트랩을 사용해 봤자 무용지물인 것이다. 하지만 노움은 재현의 의도를 알아채고 능력을 사용하고 있었다.

녀석이 정신을 차렸는지 재현과 눈을 마주쳤다.

녀석의 눈이 잔뜩 충혈되었다. 그러고는 하늘을 향해 고개를 번쩍 들어 올리더니 울부짖었다.

나름 위협적인 행동이지만 재현의 얼굴에는 여유로 가득했다.

이미 작업을 모두 마쳐 둔 재현이기 때문에 싱긋 웃었다.

"메타리엔, 무너뜨려!"

그러자 녀석이 밟고 있던 아스팔트 도로가 무너졌다.

녀석이 울부짖으며 땅속으로 추락했지만 몇 미터 되지도 않았기에 죽는 일은 없었다.

녀석은 꼼짝없이 아스팔트 밑에 갇힌 채 움직이지 못한 채 울고 있었다.

이를 보던 조환성, 사토, 아일린은 멍한 표정으로 그를 바라보았다.

재현이 너무 쉽게 녀석을 제압했기 때문이다.

"허, 허허. 이거 내가 같이 파티를 맺자고 한 게 무색하게 강한 헌터였구만."

"중급 헌터들이 이렇게 강했나요?"

"……."

일단 녀석이 움직이지 못하게 되었으니 처리하기는 매우 쉽다.

녀석이 아스팔트의 잔해 때문에 몸이 꽉 끼어 아무것도 못 하고 있기 때문이다.

위에서 총만 쏘기만 해도 녀석을 잡을 수 있었다.

아일린이 이번에는 권총을 꺼내더니 움직이지 못하는 녀석을 향해 겨눴다.

'아니, 이 여자는 도대체 총을 몇 자루나 들고 다니는 거야?'

재현은 일단 의문을 나중으로 미뤄 두고, 그녀를 제지했다.

"총알은 아끼세요."

"그럼 잡을 방법이 없는데?"

"조금이라도 깨끗하게 잡아야 비싸게 팔리잖아요."

아일린은 방법이 있냐는 듯 바라보았다.

재현은 아래에서 옴짝달싹 못 하는 녀석을 손가락으로 가리켰다.

"노움, 매장시켜."

"알겠어요."

노움이 주변에 있던 흙을 끌어모아 녀석의 몸을 완전히 뒤덮었다.

예전에는 수중감옥으로 몬스터를 익사시키는 방법을 쓰기도 했지만, 생매장시키는 건 이번이 처음이었다.

"아예 생매장시켜 천천히 죽이겠다는 건가?"

"예. 깔끔하고, 더 상처도 안 늘리고. 일석이조죠."

저런 방법이 있었구나. 다들 속으로 감탄하며 가만히 지켜보았다. 그러다가 사토가 고개를 갸웃거렸다.

"그런데 어떻게 꺼내려고요? 녀석의 몸무게는 못 해도

150킬로그램은 넘어 보이는데."

사토는 죽이는 것보다 녀석을 어떻게 꺼낼지를 걱정하고 있었다. 육중한 덩치를 보고 꽤 무거울 거라 생각하고 있었다.

"차에 줄을 연결해 꺼내야겠지. 그 전에 일단 흙을 좀 걷어내야겠지만."

확실히 상처 없이 녀석을 잡아 돈을 더 챙길 수 있을 것 같지만, 문제라면 시간적으로 좀 오래 걸린다는 것이었다.

헌터들에게 시간은 돈이다.

특히 민간 헌터에게는 더더욱 그러했다.

이런 방법을 계속 쓰면 얼마 잡지 못하지 않을까 생각하며 계산을 해 보았다.

'손해로군.'

파묻힌 녀석을 꺼내야 하기 때문에 시간도 들고, 쓸데없이 체력을 낭비한다. 여러모로 다 손해였다.

중급 헌터가 된 지 얼마 되지 않아 감을 못 잡은 건가 싶었다.

'아니, 중급 헌터가 되었다는 건 그만큼 실력을 쌓았다는 건데 아무런 생각도 없이 이런 일을 벌이지는 않았겠지.'

그래도 혹시나 하는 것이 있어 조환성은 불안하기만 했다.

그렇게 10분의 시간이 지나자, 땅속에 묻힌 바이러스 카멜을 주시하던 노움이 말했다.

"심장이 정지했어요."

"확실하지?"

"네. 이제 꺼내기만 하면 돼요."

재현이 꺼내라고 지시하자 노움이 손을 번쩍 들어 올린다.

그러자 흙과 함께 바이러스 카멜이 허공에 떠오르더니 그들의 앞에 안착했다.

"허, 허허."

"이야, 역시 능력자들은 다르긴 다르네. 이런 식으로도 꺼낼 수 있구나."

혹시 앞뒤 생각 안 하고 한 행동이 아닐까 생각하긴 했는데 믿는 구석이 있긴 있었구나 생각했다.

이렇게 되면 손해가 아니라 이득이었다. 휴식을 하면서 몬스터가 죽는 것만 기다리면 되니까.

재현이 마침 생각났다는 듯 말했다.

"아, 제가 트럭도 있는데 거기에 싣는 건 어떨까요? 사토 씨가 무겁게 가방에 메고 다니는 것보다 낫잖아요."

"트럭도 있나? 파괴되지는 않을까?"

"그건 걱정하지 마세요. 헌터 수송용 장갑차를 개조한 트럭이 있거든요. 거기에 실으면 돼요. 어차피 남는 자리도 많으니까요."

그의 말에 다들 입이 떡 벌어졌다.

못해도 30억이 넘기로 유명한 헌터 수송차다. 그걸 트럭으로 개조했다고 하니 놀랄 수밖에 없었다.

특별 제작을 얼마든지 할 수 있긴 하지만 그럴 때 돈이 든다는 건 다 알고 있는 사실이다.

'이제 갓 중급 헌터가 된 사람 맞아?'

재현을 제외하고 다들 공통적으로 생각하는 바였다.

*　　*　　*

사냥의 진전이 있었냐고 물어본다면 있었다고 재현은 흔쾌히 대답할 수 있었다.

모두가 만족스러운 표정으로 오늘의 사냥감을 바라보았다.

재현의 트럭에 반 이상을 차지할 정도로 몬스터가 잔뜩 쌓여 있었다.

아무래도 이곳 지리를 잘 아는 덕분에 재현은 그저 안내만 받았을 뿐인데, 가는 족족 몬스터들이 보였다.

사냥을 하는 도중에 다른 헌터들도 보긴 했지만 하루 사냥으로 꽤 많은 사냥감을 얻을 수 있었다.

재현도 나름대로 쉽게 사냥을 했다.

그들이 다 시선을 끌어 주고, 재현이 일격을 날리는 형식으로 변화하자 사냥이 매우 쉬워졌기 때문이다.

몬스터들의 시선도 받지 않은 채 뒤에서 사냥을 하니 수월했다.

너무 빠르고, 수월하게 잡아 그들도 좋지만, 다들 중급 헌터가 맞냐고 물어보기도 했다.

그들이 재현에게 중급 헌터가 맞는지 물어본 이유가 있었다.

중급 헌터들이라고 해도 C급 몬스터들을 이렇게 압도적으로 잡는 경우는 보기 힘들었다.

딱히 상성이 좋아서 그런 것도 아니었다.

온전히 재현의 힘으로 이를 전부 극복하고, 연계로 공격하여 몬스터들을 하나씩 사냥해 나갔다.

재현은 의뢰도 하는 겸 사냥도 같이 하는데, 기계 기생충이 확실히 개체가 적어 사냥이 끝날쯤에야 간신히 세 마리를 채집할 수 있었다.

마지막 한 마리는 정말 우연찮게 잡은 것이었다.

기계 기생충이란 게 평소에는 무너진 빌딩 안처럼 눈에 잘 띄지 않는 곳에 숨어 있다가 몸이 완성되면 나온다고 한다.

재현은 운이 좋게도 첫 기계 기생충을 대놓고 잡을 수 있었다.

마지막은 다른 헌터에게 당한 듯 거의 찢겨진 몸을 이끌고 돌아다니고 있었다.

덕분에 채집하는 게 쉬워져 별로 힘들이지 않고 의뢰를 완수할 수 있었다.

"이야, 이거 대단하구만."

조환성이 크게 웃었다. 사냥으로 벌어들인 돈이 꽤 됐기 때문이다.

네 명분을 사이좋게 배분했는데 개인당 10억이라는 돈을 만질 수 있었다.

재현 덕분에 포션 값도 별로 들지 않고, 총알도 아낄 수 있었다.

여러 면에서 그들은 많은 이득을 보았다.

사냥을 나오면 적자가 나올 수도 있었고, 흑자가 나올 수도 있었다.

대괴수용 탄을 써야 되다 보니 벌어지는 것이다.

상황에 따라서 부상을 입었을 때는 포션도 써야 하니 적자가 날 확률이 높았다.

한 발에 백만 원이라는 극악의 총알.

총알을 아끼는 것만으로도 충분히 흑자를 얻을 수 있었다. 그들이 헌터를 시작한 이래 이번이 최고로 많이 벌었을 것이다.

그나마 그들이 실력이 어느 정도 뒷받침되어 흑자도 나고 그러지, 실력도 안 됐으면 지금 이 자리에도 없었을 것이다.

"혹시 내일도 우리랑 사냥할 생각은 없나?"

조환성이 재현에게 그리 물었다.

재현 덕분에 돈도 잘 벌리고, 사냥이 너무 수월했기 때문이다.

오늘은 재현이 전부 사냥했다고 해도 과언이 아니었다.

솔직히 재현이 혼자 다 잡은 것에 불만을 품고 거절해도 할 말은 없었다.

허나 재현은 환영이었다.

혼자 사냥하는 것보다 이렇게 같이 행동하는 것도 좋다고 느낀 까닭이었다.

"저야 그러면 좋죠. 이곳을 잘 아는 사람들과 있으면 사냥 범위가 넓어지니까요."

또 다수의 몬스터가 몰려와도 더욱 수월히 잡을 수 있다는 건 큰 메리트였다. 조환성이 크게 웃으며 연락처를 물었다.

재현은 사토와 아일린의 연락처도 마저 교환하고 집으로 향했다.

*　　*　　*

조환성이 속한 회사는 일루전 컴퍼니라는 이름의 민간 헌터 회사이다.

본점은 미국에 있고, 세계 곳곳에 그 지부가 있었다.

한국도 마찬가지였다.

회사로 돌아오자 많은 직원들이 그들의 성과를 보고 놀라고 있었다.

“조환성 패밀리가 오늘 크게 한 건 했네.”

“좋겠다. 우리는 오늘 적자인데.”

조환성은 주위에서 자신을 칭찬하자 의기양양해졌다. 조환성 패밀리는 그를 포함해 사토와 아일린을 아울러 부르는 말이다.

회사에서도 나름 유명한 인사들인데, 오랜 헌터 생활을 했으면서 큰 탈 없이 사냥하기로 유명했다.

거기다 아무런 능력도 없음에도 C급 몬스터까지 잡을 만한 실력자들이었다.

조환성이 사람을 볼 줄 알아 눈으로 실력을 보고, 직접 자신의 파티에 넣는다.

그가 고른 이들은 남들이 보기에는 재능이 없어 보여도, 일단 그가 키우고 나면 새끼 고양이가 호랑이가 되고는 했다.

사냥 전 호흡을 맞추고, 위기 상황을 부여해 어떤 식으로 행동할지에 대해 연구하여 생존율을 높이기까지 했다.

일루전 컴퍼니는 그들의 행동과 전술을 다른 헌터들에게 알려 주어 전투력을 극대화시킬 수 있었다.

조환성뿐만 아니라 사토도 기쁜 표정을 짓고 있었다.

사토는 오는 길에 장비를 새로 맞추고 각종 물품도 샀다. 총알도 채우고, 포션을 다시 채워도 돈이 많이 남았다.

아일린은 별다른 표정을 짓지 않았지만 미소가 간간이 보이는 걸 보니 꽤 기쁜 모양이다. 그녀도 이번에 그토록 가지고 싶던 총을 사 만족하고 있었다.

몬스터 퇴치를 위해 한국에서 개발한 K-87이라는 저격총이다.

총신이 길어 들고 다니기에는 불편하다는 말도 많다.

하지만 총신이 긴 덕분에 더 먼 표적도 손쉽게 명중시킬 수 있고, 총알의 회전력을 높여 파괴력을 더해 몬스터에게 치명상을 입힐 수 있다고 알려져 있다.

눈에 띄지 않는 곳에서 저격해 치명상을 입힐 수 있어 민간 헌터들에게 인기 있는 총이다.

다만 가격이 너무 비싸서 살 엄두를 내지 못했는데 이번 기회에 장만했다.

그녀는 방패의 수납 공간에서 총을 꺼내 분해하며 기름

칠을 하고 닦아 냈다.

천에 검은 가루가 잔뜩 묻어 나왔다.

실전에서 불상사가 일어나지 않기 위해서는 총기 관리는 필수였다.

조환성은 카운터에 오늘 몫의 일부를 건넸다.

일루전 컴퍼니는 하루 10만 원, 추가로 수익의 5%를 건네는 게 규칙이다.

아무래도 회사 자금도 헌터들에게 크게 의존할 수밖에 없는 구조이기 때문이다.

그가 돈을 엄청 벌었다는 게 소문나는 건 금방이었다.

헌터들이 조환성이나, 사토, 아일린에게 몰려들어 어떻게 돈을 벌었는지 물어보았다.

조환성과 사토는 자세히 말해 주지 않았다.

다만 공식 헌터 한 명과 함께 사냥하다가 이렇게 됐다고 말할 뿐이다.

아일린은 바쁘다며 그저 무시로 일관했다.

말해 줄 생각이 없다고 느끼고 헌터들이 크게 한숨을 내쉰다.

확실히 자신들이어도 쉽게 말해 주지 않을 것이다.

민간 헌터는 회사에 속해 있지만 주로 성과제였다.

의뢰, 사냥 등 얼마나 성과를 내느냐에 따라 대우가 판

이하게 갈렸다.

"사토, 어째 좀 쉽게 물러난다?"

"그러게요?"

평소 얼굴을 알고 지내는 헌터들이기에 어떻게든 알아내려고 득달같이 달려들 줄 알았는데 너무 순순히 물러나는 걸 보고 의아한 표정을 지었다.

귀찮게 하지 않으니 좋긴 하지만 뭔가 켕기는 건 어쩔 수 없었다.

그냥 좋게 생각하자며 오늘 저녁 패밀리들끼리 모여 자축하기로 했다. 기쁜 날이기 때문에 조환성이 오늘 술을 거하게 쏘기로 했다.

돈이 좀 깨지겠지만 벌어들인 돈이 있기에 티도 안 날 것이리라.

그렇게 유령도시에서 할 수 있는 의뢰가 있나 찾아보는 조환성은 문득 주위가 지나치도록 고요해진 것을 느꼈다.

"뭐가 이렇게 고요해?"

"혀, 형. 회장님. 회장님 오셨어요."

"잉? 회장?"

그의 바로 뒤에는 허허 웃고 있는 정장 차림의 노인을 볼 수 있었다.

여러 나라를 전전하면서 멀리서 회장을 본 적이 있다.

허나 이렇게 가까이에서 보는 경우는 처음이었다.

한국 지부의 사장이 옆에서 보좌하듯 눈치를 보며 서 있었다. 조환성도 황급히 몸을 단정히 했다.

"미스터 조, 시간이 되시면 저 좀 볼까요?"

"저, 저요?"

당황해서 말을 더듬는 조환성.

일루전 컴퍼니의 회장.

본사에서 언제 한번 한국 지점에 오겠다고 했는데 그게 오늘이었을 줄이야.

어쩐지 평소보다 좀 조용하다 싶더니 다 그 이유였다.

오늘 하루 종일 이곳에 있던 헌터들은 알고 있었지만 며칠 간 사냥을 나갔던 그들은 모르는 일이었다.

회장은 그저 싱긋 웃으며 걷고, 사장이 얼른 따라오라며 눈치를 주었다.

조환성은 잔뜩 긴장한 채 회장의 뒤를 따랐다.

회장은 빌딩 맨 위층에 따로 마련된 방에 그를 안내했다.

회장은 비서에게 커피를 부탁했다.

김이 모락모락 피어오르는 커피가 종이컵에 담겨 그의 앞에 놓아졌다.

커피를 사이에 두고 그들은 서로를 마주 보고 있었다.

"긴장하실 것 없습니다. 편하게 있어도 됩니다."

잔뜩 긴장한 조환성을 보고 불편했는지 편히 있으라고 말하는 회장.

하지만 그는 편하게 있으라 말해도 편하게 있을 수 없었다.

"성과가 꽤 좋더군요. 오늘은 우리 회사에서 일한 것 중 가장 성과가 좋았고요."

"감사합니다."

"이번에 좀 부탁할 일이 있어서 불렀습니다."

"어이쿠, 회장님의 말씀이라면 무조건 따라야지요."

회장이 만족스럽게 웃더니 그에게 사진을 꺼냈다.

"허허허. 헌터 한 명을 찾고 있는데, 좀 찾아 주시겠습니까? 그를 영입하고 싶어서요. 다른 회사에서도 그를 포섭하기 위해 움직이고 있다고 하는데 먼저 선수를 쳐야 합니다."

회장이 건네준 사진을 보고 조환성의 눈이 휘둥그레졌다.

사진에는 그들이 오늘 같이 사냥했던 재현이 있었다.

Chapter 07
동거

이튿날.

재현은 조환성, 사토, 아일린과 만나 또다시 사냥에 나섰다.

아일린은 어제 새로 산 저격총의 성능을 시험해 보고 싶다며 후방을 원했다.

재현은 그녀에게 후방을 양보하고 중방에서 싸우기로 했다.

재현, 조환성, 사토가 함께 이동했고, 아일린은 따로 행동하기로 했다.

"아일린, 여기는 조환성. 잘 들리나, 오버."

조환성이 귀에 손을 얹고 아일린을 불렀다.

그의 귀에는 송수신기가 있었다.

사토와 재현도 아일린과 대화할 수 있도록 송수신기를 착용하고 있었다.

치직! 하고 기계음과 함께 아일린의 목소리와 바람 소리가 섞여 들려왔다.

[오버는 무슨. 지금 전쟁 영화 찍고 있어? 매우 잘 들려.]

"한번 해 보고 싶었어. 어때, 위치는 잡았어?"

[주위가 한눈에 보이는 곳에 잡았어. 근데 모두 어디에 있는지 아직 못 찾았으니까 팔 높이 들어서 손 흔들어 봐.]

그 말이 들리기 무섭게 재현과 조환성이 손을 하늘 높이 들어 흔들었다.

사토는 나무 막대기를 꺼내더니 거기에 옷을 묶어 흔들었다.

그 덕분인지 아일린이 그들을 금방 발견할 수 있었다.

[오케이. 발견했어. 주위가 뻥 뚫려 있는 것 보니 총 맞기 딱 좋은 곳에 서 있네.]

"혹여나 실수로 방아쇠 잡아당기지 마."

[지금 나 아저씨 거기 조준하고 있어.]

"거기? 혹시 내가 생각하는 '거기' 냐?"

[아마 맞을걸? 이제 한창 시들시들해질 때 됐으니까 없

어도 되지 않아? 이 기회에 내가 떼어 줄까?]

"이놈아. 아직 나 팔팔해! 그리고 떼면 죽어!"

[죽긴 뭘 죽어. 중국의 옛날 내시들은 거기 다 잘라도 멀쩡히 오래오래 황제 보필하면서 부귀영화 다 누렸다잖아.]

"그것 때문에 죽은 사람도 많아! 당연히 여자는 그 고통을 모르겠지!"

껄끄러운 내용의 음담패설이나 해 대는 것을 보며 재현은 멍한 표정을 지었다.

재현은 슬쩍 옆을 바라보았다. 사토는 익숙하다는 듯 아무렇지 않아 보였다.

그와 사토의 눈이 마주쳤다. 사토가 피식 웃으며 어깨를 한 번 으쓱했다.

"원래 우리들이 이렇게 놀아요. 좀 불편할 수도 있지만 나름대로 사냥 전 긴장을 풀려고 하는 거니까 이해해 주세요."

딱히 불편하지는 않지만 그래도 어제 알게 된 자신이 있는데 이런 농담을 할 줄이야.

어제 거의 말을 하지 않던 아일린이지만, 아는 사람들끼리 모여 있으면 말이 많아지는 모양이다.

'아니, 어쩌면 낯을 가리는 게 아닐까?'

자신이 옆에 없어서 다시 원래 돌아왔다고 생각할 수도 있다.

실상 송수신기가 있어 대화 내용이 다 들리고 있는데도 말이다.

"서로 친한가 봐?"

"환성이 형이랑 아일린 누나는 같이 일한 지 5년이 넘었다고 들었어요. 친해질 만도 하죠."

보는 사람이 딱히 불편하지 않으니 딱히 폐를 끼치는 것도 아니었다.

재현은 한동안 그들이 멀리 있어도 서로 잘 놀고 있는 걸 보았다.

곧 정신을 차린 조환성이 몬스터를 찾아달라고 아일린에게 말했다.

멀리서 볼 수 있어 아일린은 망원경으로 주위를 둘러보는 것으로 몬스터를 찾아낼 수 있었다.

[지금 아저씨가 바라본 곳에서 2시 방향에 블레이드 퓨마 네 마리 포착했어.]

"거리는?"

[약 100미터쯤 떨어져 있어.]

"좋아. 네가 먼저 쏴서 맞춰. 그다음 우리가 공격할게."

아일린이 알겠다고 한 후, 그들이 이동했다.

아일린의 말대로 블레이드 퓨마의 움직임이 보였다.

거리는 약 30미터.

블레이드 퓨마의 후각이 미치지 않는 안전한 거리였다.

"아일린, 쏴도 돼."

그 말이 끝나기 무섭게 블레이드 퓨마의 다리에서 피가 튀었다.

총에 맞은 것이다.

타앙!

뒤이어 총성이 유령도시 곳곳을 울렸다.

탄환이 음속보다 빨라 소리가 늦게 들린 것이다.

아일린은 쉬지 않고 연이어 총을 발사했다. 블레이드 퓨마의 기동성을 줄이기 위해 다리를 맞춘 것이다.

"전탄 명중! 역시 세계적으로 기대를 받는 총다운데? 이 거리에서 저 정도 위력이라니."

[이럴 때는 내 사격 실력을 칭찬해 줘야 하는 거 아냐, 아저씨?]

"용병 출신이면 이 정도는 당연히 할 수 있어야 하는 거 아냐?"

[용병에 대한 어떤 환상을 가졌는지 모르지만 아저씨가 생각하는 거랑 완전 다를 테니 당연하다고 생각하지 마셔.]

총을 너무 잘 다룬다 했더니 용병 출신이었던 모양이다.

재현은 신기하다는 생각을 하다가 문득 의문이 들었다.

'겉보기랑 다르게 사실 나이가 좀 있는 건가?'

브라질이나 유럽 쪽은 여자에게 나이를 묻는 게 대단히 실례라고 하니 물어보지 않았다.

사실 자신보다 나이가 많은 게 아닐까 싶었다.

어차피 그다지 중요한 문제도 아니니 그냥 신경 끄기로 했다.

"사토, 우리 차례다!"

"네!"

"운다인, 물의 축복과 바다의 기상!"

바다의 기상은 정령력을 증폭시켜 주는 역할도 하지만, 정령력이 없는 이들에겐 능력을 향상시켜 준다.

무능력자들에게 필요 없을 것 같지만 그건 또 아니다.

재현이 알아본 결과, 무능력자들은 몸을 유연하게 해 주고, 힘을 증폭시켜 주었다.

조환성은 방패를 들고 앞장서고, 사토가 그 뒤를 따른다.

기동성이 줄어든 블레이드 퓨마들은 어떻게 하지도 못했다.

녀석들이 특유의 기동성을 살리지 못하니 그저 손쉬운

먹잇감밖에 되지 않았다. 조환성이 방패로 적극적으로 녀석에게 달라붙었다.

콰콰!

날카로운 손톱으로 할퀴는 블레이드 퓨마. 하지만 그의 방패는 녀석들의 공격으로 작은 생채기만 생길뿐이었다.

사토가 전방의 보호를 받으며 틈이 나기 무섭게 착검한 총을 내질렀다.

이번에 개발된 것으로 몬스터들에게 데미지를 줄 수 있는 검이었다.

검을 만들어 수정체 가루를 코팅 소재로 삼으니 일반인들도 몬스터들에게 데미지를 입힐 수 있게 되었다.

개발된 지 얼마 되지 않은 데다 군에 우선 보급되는 바람에 수량이 없어 비쌌을 텐데, 이번에 마음먹고 장만한 모양이었다.

푹! 하고 한 녀석의 무사했던 다리마저 상처 입혔다.

운이 좋아 단번에 녀석의 힘줄을 끊어 버렸다.

한 마리가 앞으로 꼬꾸라지며 땅을 기었다.

두 다리를 쓰지 못하고 있지만 그들을 위협적으로 노려보며 손톱을 휘두르고 있었다.

"잘했다, 사토!"

"맡겨만 주세요! 눈물을 머금고 일단 지른 칼이지만 가격 값을 하니까요!"

의기양양해진 사토가 더욱 적극적으로 블레이드 퓨마에게 상처를 입혔다. 재현은 남은 두 녀석을 혼자서 맡고 있었다.

그는 그들에게 공격의 여파가 미치지 않게 하기 위해 각도를 정해 공격을 했다.

신경 쓰지 않았더라면 힘을 남발하며 싸웠을 테지만, 모든 것을 계산해야 하다 보니 신경 써야 할 게 이만저만이 아니었다.

"썬더러, 라이트닝 볼! 노움, 어스 해머!"

하나같이 위협적인 공격이다.

그의 공격에 방어할 장비가 없는 파티이기 때문에 잘못 맞으면 명을 달리할 수도 있어 최대한 멀리 유인해서 싸웠다.

그의 공격을 죄다 피한 블레이드 퓨마.

기동성이 많이 줄었어도 어디 가지 않는지, 피하는 것에 여유마저 느껴졌다. 하지만 그는 이미 녀석들의 경로를 예측했다.

"운다인, 웨이브 커터!"

파도의 칼날이 녀석들에게 몰아쳤다.

순식간에 녀석들이 그의 공격에 맞고 피를 쏟으며 쓰러

졌다. 재현은 녀석들이 땅에 엎어지기 무섭게 메타리엔에게 포박하라 말했다.

메타리엔은 아스팔트 속에 있는 철골들을 끌어올려 녀석들의 사지를 단단히 붙잡았다.

산채로 포획 성공. 녀석들이 어떻게든 떨쳐내려고 버둥거렸지만, 메타리엔은 녀석들이 풀어내지 못하도록 겹겹이 포박했다.

녀석들이 도망치지 못하게 되자 재현은 수중감옥으로 녀석들의 얼굴을 봉했다.

꼬르륵.

재현은 녀석들에게서 시선을 떼고 다시 조환성과 사토에게로 향했다.

때마침 그들은 막 남은 한 마리마저 쓰러뜨리고 확인사살까지 한 상황이었다.

"이번에도 쉽게 잡았다."

"그러게요. 확실히 장비 하나 바꿨다고 달라지긴 달라졌네요."

사토는 만족스럽다는 듯 탈검하고 땅에 엎어진 녀석에게 향했다.

녀석은 아까 전과 달리 모든 걸 포기한 듯 가만히 있었다.

"너무 가까이 가지 마세요."

재현이 미리 경고를 주었다. 몬스터들이 아무리 전투불능의 상태에 빠졌더라도 확실히 죽이기 전까지는 가까이 가지 않는 게 좋았다. 하지만 조환성과 사토는 괜찮다며 녀석의 코앞까지 갔다.

'위험할 텐데…….'

재현의 불안한 생각은 빗나가지 않았다. 그들이 자신의 코앞까지 오자 녀석의 기세가 바뀌었다.

"크아아앙!!"

두 다리를 움직이지 못했던 녀석이 손의 힘을 이용해 도약했다. 그들도 이런 경우는 처음이었기 때문인지 미처 반응하지 못했다.

정령들도 마찬가지다. 그가 정령들의 이름을 말한 후에는 이미 늦었다!

그 순간이었다.

재현이 구해야 한다는 생각이 머릿속 가득 채워지고, 본능적으로 그들을 향해 손을 휘둘렀다.

그의 왼쪽 손등과 이마에서 빛이 일어나며 계약의 증표가 떠오른다.

파지직! 화악!

그의 손에서 고압 전류가 뿜어져 나오고, 콘크리트 속

에 있던 철제들이 모여 그들의 앞에 벽을 쌓는다.

그들의 눈에 잠깐이지만 번쩍하고 빛이 터지는 것과 함께 바로 앞에 강철의 벽이 생겨났다.

"크허헝!"

블레이드 퓨마의 괴성과 함께 빛이 사라지고, 눈앞에 나타났던 강철의 벽이 조각처럼 흩어졌다.

그들은 식은땀을 흘리며 엉덩방아를 찧었다.

"하, 하하. 죽다 살았네. 고맙다."

"고마워요, 재현이 형."

그들이 감사의 인사를 하고 있는데, 재현은 멍한 표정이었다.

정령들도 마찬가지였다. 이게 어찌 된 일인지 아직 파악하지 못했다.

왼손을 바라보니 계약의 증표가 점점 빛을 잃더니 다시 살 속으로 스며들며 사라졌다.

"재현아, 방금……."

운다인의 말에 재현은 넋이 나간 듯 고개를 끄덕인다. 이건 자이언트 크라켄을 잡았을 때 자신이 내뿜었던 힘과 비슷한 것이었다.

*　　*　　*

[나 참, 초짜나 하는 실수를 하고. 나 처음 들어왔을 때 아저씨가 나한테 했던 말이 뭔지 알아? 몬스터가 부상을 당했어도 방심은 금물이라고 말했어. 기억해?]

몬스터들은 죽을 때까지 절대 안심해서는 안 되는 생명체다.

누가 봐도 전투 불능의 상태로 보이지만, 사지의 뼈가 부러지거나 잘리지 않는 한 평소의 30%의 힘으로 공격할 수 있다고 연구 결과가 나왔다.

이건 헌터라면 기본적으로 다 아는 상식이다.

방심으로 인해 죽는 헌터들도 부지기수였다.

"미안."

[사과는 내가 아니라 재현에게 해.]

"미안하다."

자기가 잘못한 게 있기에 순순히 아일린의 말을 듣는 조환성. 재현은 무사하니 다행이니 고개 숙일 필요가 없다고 말했다.

[아, 그리고 재현 씨는 고맙다. 못 미덥지만 그래도 리더를 구해 줬으니까. 감사합니다.]

아일린이 존댓말과 반말을 섞어서 하자 그가 멍한 표정으로 조환성을 바라보았다. 조환성이 피식 웃었다.

"저 녀석은 한국에 오래 있긴 했어도 존댓말을 가장 어려워해."

아무래도 존댓말이 없는 나라다 보니 존댓말을 따로 외워야 하는 문제가 발생했다.

"그래서 나한테도 그냥 반말을 하는데 나름대로 높여서 말해 준 걸 보면 정말 감사하다는 뜻이야."

재현은 전격을 날린 녀석을 바라보았다.

녀석의 관자놀이에서 피가 줄줄 새어 나와 아스팔트 위를 뚫고 나온 풀을 붉게 적셨다.

뒤통수가 크게 날아간 걸 보고 총에 맞았다는 걸 알 수 있었다.

사실 재현이 나서지 않았더라도 그녀의 총이 그들을 구했을 것이다.

말을 하지 않고, 티도 안 내고 묵묵히 자신의 일에 집중하며 항상 동료들을 지켜 주고 있는 아일린.

재현은 그녀가 자신을 보고 있을지 모르지만 그녀가 있는 곳을 향해 싱긋 웃어 보이며 몬스터들을 옮기기 시작했다.

*　　*　　*

오늘의 수확은 어제보다 못한 편이지만 그래도 만족할 만큼 사냥을 했다.

블레이드 퓨마, 바이러스 카멜이 차곡차곡 재현의 트럭 뒤에 쌓였다.

"수고했어."

사냥을 마치자 아일린이 빌딩에서 내려와 그들과 합류했다. 그녀는 만족한 표정으로 총을 어깨에 메고 있었다.

아일린과 사토는 새로 장만한 무기의 위력과 성능도 확실히 알게 되었고, 충분히 만족할 만했다.

확실히 돈을 써서 무기를 새로 장만하니 사냥이 예전보다 쉬워진 기분이었다.

몬스터들을 나르는 도중, 조환성은 재현을 힐끗 쳐다보았다.

'음…… 지금 말할까?'

사냥할 때는 그것에 집중하느라 말할 기회가 없었지만, 조환성은 재현에게 해야 할 말이 있었다.

어제 회장의 부탁.

재현에게 영입 제안을 하는 것이었다.

"형. 말 안 해요?"

사토도 그렇고, 아일린도 조환성에게서 어제 회장과 무슨 애기를 나눴는지 들었다.

"몰라. 타이밍이 안 나와."

"그냥 말하면 될 걸 가지고 무슨 타이밍이야. 아저씨가 말할 때 언제부터 타이밍을 가렸다고."

"그냥 말해요. 아님 제가 말할까요?"

조환성은 자신이 할 일이니 가만히 있으라며 그들의 입을 다물게 했다.

그래, 그냥 타이밍이 무슨 상관이냐. 그냥 말하자 생각했을 때, 재현이 그들에게 물었다.

"할 말 있으세요?"

"응?"

"아뇨, 아까 전부터 절 계속 곁눈질로 바라보셔서요."

이제 다 들킨 거 아일린이 피식 웃으며 조환성을 바라보았다.

"타이밍 안 잡힌다고 나름 조심해 놓고 막상 다 티 내고 있었네, 아저씨."

"시끄러."

물론 그들은 재현의 오감이 얼마나 뛰어난지 몰라서 하는 말이었다.

그들은 나름대로 작게 말한다고 했지만, 정작 재현의 귀에 다 들렸다.

다만 구체적으로 무슨 말을 하고 싶은 건지 몰라서 재

현이 먼저 물어본 것일 뿐이다.

"일단 말하겠다만 나도 회사의 명령을 듣는 입장이라서 말이다. 기분 나쁘게 듣지 않았으면 좋겠구나."

"무슨 얘긴데요?"

"그게 말이다. 실은 회장님께서 내게 직접 지시해서 말이다."

"뭔데요?"

"네가 알고 보니 꽤 이름 좀 알려진 정령사더구나."

뉴스에 클로즈업 돼서 얼굴이 나오고, 자이언트 크라켄까지 잡았으니 신원을 알려고 하면 금방 알 수 있었을 것이다.

"단도직입적으로 말하마. 회장님께서 널 원하시고 계셔. 널 영입할 생각인 것 같은데 혹시 우리 회사와 함께할 생각 없니?"

"네?"

그게 무슨 소리냐는 듯 재현이 고개를 갸웃거렸다.

"저보고 민간 헌터가 되라고요?"

"그래도 되지만 굳이 그럴 필요도 없다."

"그럼 불가능하지 않을까요? 일단 헌터가 자유로운 편이긴 하지만 그래도 정부 소속인데."

"그건 걱정 마라. 레이드 공격대로 들어가면 가능할 테니까.”

“레이드…… 공격대요?”

처음 듣는 단어라 재현이 의문이 가득한 표정이었다. 조환성은 그의 표정을 보고 즉각 설명해 주었다.

“레이드 공격대는 몬스터 소탕을 하는 특수부대들을 시초로, 현재는 헌터들도 자유롭게 할 수 있다. 레이드 공격대는 주로 원정을 나가는데, 이름이 알려진 곳은 정부에서 지원을 빵빵하게 해 주지.”

그러면서 조환성도 한때 레이드 공격대에 속해 있었다고 알려 주었다.

레이드 공격대는 일종의 파티 플레이를 말하는 것인데, 다른 점이라면 지휘 체계가 확실하다는 것이다.

“민간 헌터 회사와 정부가 같이 연계해 헌터를 적극 활용하고 있다. 몬스터 소탕이라는 큰 부류로 떨어지기 때문에 서류가 좀 많겠지만, 그건 회사에서 알아서 해 줄 거다.”

“흠…….”

재현은 심히 고민하는 표정을 지었다.

솔직히 말해 좋아요! 라고 즉각 말하기도 애매했다.

아무것도 모르는데 괜히 들어갔다가 손해를 볼 수 있기 때문이다. 재현은 일단 돌다리라도 두드려 보는 성격이다.

“당장 하겠다고 하는 건 좀 아닌 것 같고, 고민 좀 할게요.”

“그래, 그것만 해도 충분하다. 궁금한 게 있으면 일루전 컴퍼니로 전화하면 된다.”

조환성이 건네준 것은 명함이었다.

자신의 이름이 쓰인 명함이지만, 일루전 컴퍼니 한국 지부의 전화번호도 같이 있었다. 재현은 지갑에 명함을 끼워 두었다.

“일단 좀 더 알아보고 나중에 결정하면 연락할게요.”

“그래.”

영입이라는 게 원래 쉬운 일도 아니고, 조환성의 특기도 아니다.

다만 회장이 어떻게 알았는지 자신과 재현이 사냥을 함께 다녔다는 정보를 입수하여 그에게 해 달라고 한 것이다.

조금이라도 얼굴을 아는 편이 영입에 도움이 되리라는 판단일 것이다.

회장도 조환성이 영입에 성공할 거란 생각은 꿈에도 하지 않고 있을 것이다. 단지 제안만 하는 것만으로 족할 것이다.

*　　*　　*

그들과 헤어지고 곧장 집에 온 재현은 자신의 손등에 정령력을 집중해 보았다.

오늘 사냥으로 일어났던 재현의 공격.

하지만 병원에 입원했을 때랑 마찬가지로 물이 움직인다거나, 손에서 전류가 뿜어져 나오는 일은 없었다.

아무리 그 당시를 회상해 보아도 쉽게 떠오르지 않았다.

"거의 본능적으로 몸이 반응했는데 감이 안 잡히네."

아무리 머리를 끙끙 싸매고 생각했지만 도무지 어떻게 한 것인지 모르겠다.

정령들은 정령계에서 오늘 일어났던 일들을 다시 묻고 다니고 있었다.

'다른 정령들은 뭐래?'

[별로. 다들 또 무슨 말도 안 되는 소리 하냐면서 웃어.]

[나도.]

[안…… 잤는데 잠 덜 깼냐고 물어…….]

[죄송하지만 저도 마찬가지예요.]

결국 마찬가지였다. 별 소득이 없이 또 미궁으로 빠지게 되었다. 정령들은 그래도 혹시 모르니 더 알아보겠다고 해 줬다.

재현은 아무리 머리를 싸매도 결국 떠오르는 게 없으니 천천히 생각해 보기로 하고 일단 할 일을 했다.

그가 할 일은 레이드 공격대에 대해 조사를 하는 것이었다.

레이드 공격대는 쉽게 말하자면 파병을 가는 것과 같았다.

몬스터들로 재해를 입은 나라로 가 몬스터를 소탕하는 것이었다.

나라, 혹은 민간 헌터에서 지원해 주는 무기를 받아 소탕 작전을 펼치는 것이라고 한다.

체류 기한은 최소 한 달이며 헌터 스스로가 기한을 정할 수도 있고, 연장도 가능하다고 한다.

"아프리카라……."

레이드 공격대가 원정을 떠나는 곳은 주로 아프리카와 중동, 러시아라고 한다.

몬스터들로 인해 멸망한 나라가 있을 뿐만 아니라 영토가 광활하다 보니 제대로 관리가 되지 않아 몬스터들이 넘쳐나기 때문이다.

남아프리카 공화국이 힘겹게 영토를 수복하고 있었지만 자국의 힘만으로 부족해 UN이나 타국 헌터들의 힘을 빌린다고 한다.

헌터들은 당연히 사냥한 몬스터들을 판다.

그 국가에서 돈을 벌고 쓰고를 반복하다 보니 자연스럽게 경제가 돌고 돌게 된다.

또 외화가 들어오다 보니 남아프리카 공화국의 재정이 늘어나고 있다고 한다.

한때 몬스터 때문에 위기에 몰렸던 국가가 그 덕분에 세계적인 강대국이 되어 가고 있는 아이러니한 상황이다.

"오빠, 뭐해?"

윤정이 재현의 어깨에 팔을 두르며 그의 머리에 턱을 올렸다.

그녀의 머리카락이 내려와 재현의 얼굴을 간질였다. 좋은 향기가 그의 코에 닿았다.

"조사할 게 있어서."

"레이드 공격대? 갑자기 이건 왜? 원정 가려고?"

헌터에 대해 관심이 있어 많이 알고 있는 윤정이다.

레이드 공격대를 조사하고 있는 것을 보고 대뜸 원정 갈 생각이냐고 물었다.

"아니. 그냥 오늘 얘기가 나와서."

"누구한테?"

"민간 헌터와 내가 어제부터 사냥을 했거든. 근데 그쪽 회장이 날 원한다고 하던데?"

"우리 오빠 유명 인사네? 사장도 아니고 회장이 원할 정도면 대단하다는 건데."

"내가 좀 대단하지. 누구 애인인데."

윤정이 호호 웃으며 뺨을 부비적거렸다.

"그런데 어떤 회사인데?"

"명함 받았어."

재현은 지갑에서 조환성에게 받았던 명함을 꺼내 그녀에게 보여 주었다.

그녀는 명함에 있는 회사 로고를 보고 눈이 휘둥그레졌다.

"일루전 컴퍼니? 오빠, 거기 유명한 곳이야."

"그래? 그렇게 유명해?"

자신이 민간 헌터였다면 알 수도 있었겠지만, 민간 헌터와 인연이 없던 재현은 관심도 주지 않아 유명한지 어떤지 잘 몰랐다.

일단 한국 지부가 있다는 걸 보면 본사가 따로 있겠거니 막연히 생각했을 뿐이다.

"말도 마. 민간 헌터 회사에서 규모도 크고, 실적도 좋은 곳이야. 세계에서 1, 2위를 다투는 대기업이야. 원정도 제일 많이 가고, 헌터 육성도 가장 활발히 하는 곳이야. 수많은 사람들이 들어가고 싶어 하는 곳으로 유명해."

재현은 얼떨떨한 표정으로 명함을 바라보다가 직접 인터넷에 검색해 보았다.

인터넷 기사로도 꽤 많이 나왔다.

"오빠는 헌터면서 이걸 몰랐어?"

"난 관심 없는 건 일절 안 봐서."

"오빠는 어딘가 부족해 보이는 면이 있다니까."

"그것도 매력이라면 매력 아냐? 그런 면도 좋아하잖아."

"그래, 오빠는 매력 덩어리야. 다만 자기 얼굴에 금칠만은 하지 마. 내가 다 창피하니까."

"남 앞에서는 잘난 척 안 해. 걱정 마."

윤정이 코를 꼬집으며 웃었다. 재현은 아픈 시늉을 했다.

한참 그렇게 놀면서 조사를 하다가 저녁때가 되자 그녀가 요리를 식탁에 올렸다.

"오빠, 밥 먹어."

재현은 컴퓨터를 끄고 식탁 앞에 앉았다.

화려하지는 않지만 맛있게 된 요리를 보자 절로 미소가 그려졌다.

불고기는 윤정이 한 것이고, 나머지 반찬들은 재희가

해 주고 간 것이다.

그는 먼저 불고기를 먹어 보았다.

"어때?"

"맛있어."

빈말이 아니라 정말 맛있었다.

재현은 허겁지겁 밥을 입에 넣으며 꼭꼭 씹어 먹었다.

윤정의 요리 실력은 매우 좋았다.

재희의 요리랑 비교하면 당연히 부족한 면이 없잖아 있지만 그의 입을 충분히 만족시켰다.

"이거 형님에게 배운 거야."

"형님? 누나한테서?"

"응."

"어쩐지. 누나의 맛이 느껴진다더니. 그런데 정말 잘했다. 난 누나한테 요리를 배웠어도 따라 하지 못하겠던데. 어차피 정화수가 있어서 맛은 걱정 안 하지만."

따라 해도 그 본연의 맛을 내지 못하는 재현이었다.

그래도 재현의 경우에는 대부분 정화수를 이용하기 때문에 굳이 따라 하지 않아도 무슨 요리든 태워 먹지 않는 한 맛있게 되어 걱정은 없다.

요리의 맛은 조미료가 대부분 결정하듯, 재현의 요리는 정화수로 결정한다.

"아, 그런데 오빠에게 물어볼 게 있어."

"뭔데?"

"나 동거해도 돼?"

"응?"

뜬금없는 소리에 재현이 손에 쥐고 있던 젓가락을 놓칠 뻔했다.

"갑자기 왜?"

"아니, 오빠가 결혼 생각 있다고 하기에, 나도 생각해 보려고."

일단 동거를 하면 서로 더 알아 갈 시간이 늘어나니 좋은 게 좋은 것 아니겠는가.

재현이야 여러 가지 이유로 동거하면 좋았다.

"괜찮아?"

"괜찮지."

"어머님과 아버님이 허락하신 거지?"

"당연하지. 아빠는 동거하지 말고 그냥 결혼하라고 하던데 뭘."

재현은 그녀의 부모님이라면 굳이 물어보지 않았더라도 바로 허락하리라고 생각했다.

이미 그들에게 미래의 사위로 자리매김한 재현이다.

"언제부터 하게?"

"오늘부터 해도 상관없는데. 일단 짐도 좀 들고 와야 할 것 같아."

어차피 혼자 지내고 있어 적적했던 집이었다. 그녀가 들어오면 적적함도 사라질 것 같았다.

그때 정령들이 텔레파시를 보냈다.

[어? 윤정이랑 같이 사는 거야?]

[한 명 더 늘었어!]

'그렇게 좋아?'

[우리도…… 윤정이 좋아해…….]

[저도 좋아요.]

다들 기뻐하는 듯 보였다. 재현은 아빠 미소를 지었다.

"갑자기 왜 웃어?"

"아니, 동거한다고 하니까 얘들도 좋아하고 있길래."

"텔레파시를 보낸 거야?"

"응. 우리들 대화하는 거 보고 있었나 봐. 엄청 좋아하는데?"

윤정이 호호 웃었다. 그녀도 정령들을 싫어하지 않았다. 재현을 지켜 주는 믿음직스러운 파트너이다.

하루 종일 보고 있어도 질리지 않고, 개성도 뚜렷해 보고 있으면 신기할 때가 많았다.

"잘 부탁해, 얘들아."

'잘 부탁한대.'

[우리도 잘 부탁한다고 해 줘!]

"애들도 잘 부탁한대."

윤정은 환하게 미소를 지었다.

*　　　*　　　*

동거를 시작한 지 2주 정도가 지났다.

가을이 짧아져 몇 주 되지도 않았는데, 벌써부터 추위가 찾아왔다.

작년에 비해 겨울이 일찍 올 것 같다는 일기예보가 정확히 맞아떨어졌다.

낮은 비교적 온화하지만, 오전과 저녁은 초겨울 날씨를 연상케 했다.

"오빠, 추워."

"괜찮아?"

잠깐 반찬거리를 사러 나갔던 윤정이 신발을 벗고 집에 들어오며 몸을 덜덜 떨었다.

재현은 그녀의 손을 만져 보았다. 손이 차가웠다.

"어이쿠, 손이 찬 것 봐. 얼음 덩어리네. 많이 추웠지? 얼른 이리 와."

재현은 방금 전 자신이 앉아 있던 소파에 그녀를 안내했다.

그의 온기가 아직 남아 있는 소파.

재현은 이불을 가지고 와 그녀와 함께 덮었다.

"어때?"

"따뜻해."

이불 속에서 서로 꼭 끌어안으며 하하호호 웃고 있는 그들.

말이 동거지, 실상은 신혼 생활이나 다름이 없는 나날의 연속이다.

같이 지내다 보니 의견 차이가 있어 한 번 다툰 일도 있었지만, 곧 화해하고 다시 알콩달콩하게 지낸다.

"오빠, 오늘 사냥 안 나가?"

"다들 일이 있다고 해서 못 나온대. 그래서 나도 오늘은 쉬려고."

혼자서 사냥을 나가던 재현은 조환성의 멤버와 만난 뒤로 같이 사냥을 나가는 게 일상이 되어 버렸다.

물론 그들도 할 일이 있어 같이 못 해 혼자서 사냥을 나가는 경우도 있었다.

마침 오늘은 컨디션이 별로 좋지도 않고, 쉬고 싶기도 해서 하루 정도는 쉬기로 했다.

"오늘 하루 종일 가만히 있기도 그렇고. 뭐하려고?"

"글쎄. 어느 것부터 할까?"

말은 그렇게 하면서 착 달라붙어 그녀의 배에 손을 얹는 재현. 이게 무슨 신호인지 아는 윤정.

"아잉, 저질."

그녀에게 다가선 재현은 천천히 몸을 숙여 입을 맞추려 했다. 하지만 그들은 서로의 입술을 바로 앞에 두고 멈춰야만 했다.

인터폰이 울렸기 때문이다.

재현은 분위기 파악도 못 하고 찾아온 게 누구냐며 속으로 불평했다.

그는 인터폰으로 향하며 수화기를 들었다.

"누구세요?"

[박재현 씨 댁이죠?]

"맞는데요, 누구세요?"

그는 누구냐고 물어보긴 했지만 대충 무슨 용건으로 온 건지 알 것 같았다.

최근 그에게 귀찮은 일이 생기기 시작했다.

크라켄을 잡으면서 얼굴이 알려지고, 신원이 알려진 순간 여러 민간 헌터에서 찾아오는 일이 빈번히 생긴 것이다.

프랑스, 미국, 영국, 일본, 중국 등등.

세계 곳곳에 여러 지부를 가지고 있는 민간 헌터의 회사에서 그를 찾아왔다.

이번에도 마찬가지였다.

[세계 제일의 민간 전문 헌터 회사인 (주)메시아에서 왔습니다. 본사와 함께 일하실 생각…….]

"없어요. 명함도 안 받을 거고요, 일단 조건도 안 들어볼 거고, 회사의 역사나 자랑, 어떤 생각으로 회사를 운영한다는 것도 마찬가지예요. 어떤 것도 들을 생각 없어요. 그러니까 그냥 가세요."

재현은 거칠게 수화기를 내려놓았다. 그러자 인터폰이 또 울렸다.

재현은 짜증을 내며 다시 한 번 더 찾아오거나 인터폰 울리면 경찰에 신고한다 말해 두고 끊었다.

이렇게 경고를 해 주니 인터폰이 울리는 일이 없어졌다.

처음에는 얘기라도 들었지만 이제 슬슬 귀찮아서 인터폰으로 돌아가라며 문전박대했다.

이제 신물이 날 정도다.

인터폰만 울리면 경기가 일어날 것 같았다.

집 문 앞에 '민간 헌터 영입 제안 사절'이라고 종이라도 붙여 놓아야 할 판이다.

"오빠, 많이 힘든가 봐?"

"말도 마. 매일 찾아와. 인터폰이 울리는 소리만 들어도 이제 경기를 일으킬 것 같아."

재현이 한숨을 크게 내쉬며 머리를 가로저었다.

윤정은 안타까운 듯 그를 바라보았다.

그녀도 가끔 집에 있을 때면 그를 찾는 사람들이 오기도 했다.

"저 사람들도 위에서 보내니까 온 건 이해해도 정작 나는 여기저기서 찾아오니까 힘들다."

"오빠가 많이 힘들었구나. 이리 와. 내가 안아 줄게."

윤정이 재현을 안아 주며 등을 토닥여 주었다. 어린애를 보듬어 주는 모양새였다.

약간의 장난기가 발동한 재현은 그녀의 품에 안겨 칭얼거리는 흉내를 냈다.

"히잉~ 윤정아. 오빠 많이 힘들어."

[재현이가 창피한 건 처음인 거 같아.]

[징그러워.]

[잘 자고 있다가…… 잠에서 깼어…….]

[아으으~~]

정령들이 누가 먼저라고 할 것 없이 그에게 텔레파시를

보내 왔다.

그 덕분에 재현의 장난기에 더욱 불을 붙이게 되었다.

그는 우는 시늉을 하며 더욱 그녀에게 매달렸다.

"윤정아~ 정령들이 텔레파시로 나 욕해. 더 보듬어 줘."

정령들의 괴로운 목소리가 그의 머릿속 가득 울려 퍼진다.

리액션이 그리 크지 않은 메타리엔이 '으어억!' 이라는 말을 할 정도니 얼마나 소름 돋는지 알 것 같았다.

소름 돋는 말로 생물을 죽일 수 있었다면 재현은 벌써 여러번 죽었을 것이다.

솔직히 자신이 생각해도 이건 소름 돋는 일이었다.

아마 타인이 그랬다면 때려서라도 말리고 싶다는 생각을 했으리라.

"그래, 그래. 마음껏 울어."

대충 무슨 말을 했을지 파악한 윤정은 호호 웃으며 그의 등을 토닥였다.

같이 지내다 보니 어느 정도 익숙해진 그녀는 그의 장난도 받아 주는 경지에 이르렀다.

'너희들 리액션 재밌다. 더 하고 싶다.'

[하지 마!]

물론 더 할 생각은 없었다.

재현은 정확히 끊는 타이밍을 아는 남자다.

이쯤에서 그만두기로 하고 정령들을 소환했다.

평소 소환되면 방긋 웃으며 이리저리 뛰어노는 정령이다.

하지만 방금 전 충격에서 헤어 나오지 못한 듯 다들 팔뚝을 박박 긁었다.

오돌토돌 뭔가 일어난 것도 보였다.

그들의 모습을 보고 윤정이 배를 붙잡고 깔깔 웃었다.

확실히 방금 전은 좀 심하긴 했다.

정령들이 이 정도의 반응을 보이는 걸 처음 봤다.

재현도 이런 경우를 처음 보아 신기하다는 듯 바라보았다.

"정령들도 소름이 돋는 걸 나도 이번에 처음 알았네."

정령들과 알고 지낸 지 꽤 됐지만 소름이 돋은 모습을 보는 건 난생처음이다.

그만큼 징글징글했다는 뜻이리라.

"내 잠…… 방해했어……."

잠에 민감한 메타리엔이 재현의 머리카락을 잡아당겼다. 아프지는 않지만 메타리엔 나름대로 불만을 표시하는 것이었다.

"미안. 자제할게."

평소 재현의 머리 위에서 잠을 자던 메타리엔은 나름대로 불만을 표시한 후, 윤정의 머리 위로 갔다.

방금 전 일 때문에 지금은 가까이 가기 싫다는 의미로 보였다.

"에이, 장난 좀 친 거 가지고. 삐친 거야, 메타리엔?"

"안 삐쳤어…… 그냥 지금은 여기 있을래."

"메타리엔이 아무렇지도 않게 상처를 주네. 그리고 다들 왜 그래? 삐친 거야?"

가까이 오지 않는 건 비단 메타리엔뿐만이 아니었다.

다들 재현에게서 일정 거리를 벌린 채 다가오지도 않았다.

"안 삐쳤어. 그냥 재현이는 우리한테 안 매달리면서 윤정이한테만 매달려서 불만인 거야."

"재현이 나빴어."

흥! 하고 고개를 돌리는 운다인과 썬더러.

노움은 하고 싶은 말이 있는 것 같긴 하지만, 운다인과 썬더러와 별반 다를 바 없는 말을 하고 싶은 건지도 모른다.

물론 말만 그런 거지, 실제로 그렇게 생각하지 않는다는 걸 잘 아는 재현이다.

정령들의 감정은 고스란히 재현에게로 전달되기 때문

에 말의 진위 여부를 즉각 알 수 있는 것이다.

그래도 자신이 한 게 있으니 일단 받아 주기로 했다.

"그래, 미안해. 자, 다들 와서 안겨. 다 받아 줄게."

팔을 양쪽으로 활짝 펼치는 재현.

정령들은 누가 먼저라고 할 것 없이 재현에게로 가지 않고 윤정에게 안겼다.

"재현이도 서운해 봐야 돼."

"윤정아, 우리도 위로해 줘~"

썬더러가 재현을 따라 하듯 그녀에게 안겼다.

이에 운다인과 노움도 합세했다. 원래 의도대로라면 재현을 소름 돋게 만들려는 것이겠지만, 누가 봐도 귀여운 모습이다.

재현은 다 큰 성인 남자가 해서 징그러운 거지만, 정령들은 조그맣고 귀여운 소녀다. 징그럽기는커녕 귀여워 깨물어 주고 싶을 정도다.

"그래그래. 오빠 질투 나게 해 보자."

그녀가 흐뭇한 미소로 정령들의 머리를 번갈아 가면서 쓰다듬어 주었다.

재현 말고도 윤정에게도 거리낌 없는 정령들은 그녀의 손길을 즐기고 있었다.

"오호, 나랑 해 보자는 거야?"

재현이 씩 웃었다.

도발에는 응당 응징이 마땅한 법이다.

"히잉~ 윤정아, 오빠 정령들에게 버림받았어. 나 위로 해 줘~"

"꺄악!"

다시 소름 돋는 멘트를 들은 정령들이 꺅꺅 소리 지르며 이리저리 돌아다녔다.

윤정의 머리 위에 있던 메타리엔이 뒤로 넘어지며 굴러 떨어졌다.

그녀와 재현이 이 모습을 보고 하하호호 웃었다.

동거를 하고 나니 일상에서 재밌는 일이 많이 일어나는 것 같았다.

Chapter 08

아프리카 원정 준비

"이제 슬슬 추워지니까 몬스터 개체가 줄어들었군. 한국은 다 좋은데 동면에 드는 몬스터들이 많아서 겨울만 되면 걱정이 많아진다니까."

겨울이 오고 갑자기 날씨가 추워지면 몬스터들은 동면에 들기 전에 먹이 사냥에 나선다.

그렇다 보니 이 시기만 되면 몬스터가 몬스터를 잡아먹는 일이 많아져 몬스터의 수가 자연스럽게 급감한다.

한국에서는 겨울에 몬스터의 수가 줄어들어 외국에서 온 헌터들은 툴툴거리기도 한다.

오늘은 평타를 쳤지만 시간이 지나면 곧 활동하는 개체

수도 줄어들 것이다.

재현은 겨울이 되면 오히려 동면에 드는 몬스터들을 타깃으로 삼아 사냥을 하기도 했지만, C급 몬스터들은 숨는 것도 남다르다고 한다.

그리고 재현처럼 동면에 드는 몬스터를 노리는 헌터가 한둘이 아니라고 한다.

수습 헌터 때나 요령이 없어서 생각을 못 하는 헌터들이 많을 뿐이다.

어느 정도 요령이 붙으면 재현처럼 동면에 드는 몬스터를 찾아서 잡는 데 열을 올린다.

머리 회전이 빠른 이들은 재현처럼 수습 헌터 때 동면에 든 몬스터를 찾아내는 데 혈안이다.

"근데 재현이는 안 추워? 옷도 가벼워 보이는데."

조환성은 재현의 옷차림을 보고 그리 물었다.

그는 확실히 남들에 비해 비교적 가벼운 옷을 입고 있었다.

아이언 와일드 보어의 가죽에 라이트 아머 형식의 티타늄 방어구를 덧댄 현대적인 로브.

아이언 와일드 보어의 가죽이 방한에 좋은 건 알고 있지만 추위를 완전히 막아 주지 못한다.

그는 속에 하얀색 면 티 하나, 그리고 바지는 청바지를 입고 있었다.

"네. 별로 안 추운데요."

재현은 즉답을 했다.

춥지 않으니 당연하다면 당연하다.

정령력을 쌓으면서 더위든 추위든 남들보다 몇 배로 덜 느끼게 된 재현이다.

덕분에 여름에는 에어컨도 틀지 않은 채 지낼 수 있었다.

겨울도 마찬가지다.

어지간한 날씨로 재현은 춥다고 느끼지 않았다.

굳이 티타늄 로브를 입지 않고 영하권에서 반팔만 입고 있어도 추위를 안 느낀다.

물론 날씨가 그리 춥지 않은 것도 크게 한몫하고 있었다.

여기서 추위를 타는 사람은 조환성 말고 없었다.

사토와 아일린도 긴팔만 입었을 뿐이다.

중국은 땅덩이가 넓은 만큼 기후가 다른 곳도 있다.

아열대기후인 광동성에서 자란 조환성은 영상 15도에서도 춥다고 느끼고 있었다.

한겨울이라도 영상 10도 밑으로 넘어가는 경우가 적으니 별수 없는 일이다.

그는 더위에는 강해도 추위에는 매우 약한 모습을 보이고 있었다.

옆에 있던 아일린이 피식 웃었다.

"그냥 아저씨가 추위를 엄청 잘 타는 거야. 추워졌어도 긴팔 한 장만 입어도 아무렇지도 않은 날씨인데 뭐가 그리 춥다고 조끼까지 입고 왔는지. 이제 익숙해질 때 안 됐어?"

그를 한심하다는 듯 바라보는 그녀의 입은 조소가 섞여 있었다.

"네가 광동성에서 최소 2년 정도 있어 봐. 장담하는데 분명 나처럼 이렇게 오들오들 떨걸?"

인간은 적응의 동물이라고, 날씨가 따뜻한 곳에 장기간 머물게 되면 그곳에 금방 동화되는 법이다.

그녀는 가소롭다는 듯 피식 웃었다.

"애석하게도 중국이랑은 인연이 없어서. 중국은 딱 한 번 베이징에만 가 봤을 뿐이야. 애초에 난 광동성이 어디에 붙어 있는지도 몰라. 그런 지명은 머리에 털 나고 처음 들어보는데?"

"어이쿠, 광동성이 어디 있는지도 모르다니. 공부 좀 하셔야겠어."

"중국 갈 일도 없는데 중국 지명을 알 필요가 있나? 그러는 아저씨는 브라질 수도는 알아? 모르지? 아저씨는 기본적인 공부부터 하셔야겠어."

이 둘이 티격태격거리는 거야 하루 이틀도 아니다.

재현은 사토처럼 그저 옆에서 방관자처럼 구경하며 웃고만 있었다.

불장난 다음으로 재미있는 게 싸움 구경이라고 했다.

보다 보니 느낀 건데 그 둘은 말 한 마디 지지 않으려는 점에서 죽이 척척 맞았다.

주먹다짐은 하지 않겠지만 그 둘의 말싸움은 꽤 볼만했다.

험악하게 말싸움하는 것 같아도 사실 그들도 진심으로 싸우는 게 아니다.

"볼 것도 없는 브라질에 대해서 알아 둘 게 뭐가 있다고? 중국은 유적지를 하루 만에 다 말하지도 못할 정도로 볼 게 많은데."

"뭐? 지금 내 나라 욕했어? 브라질이 볼 게 얼마나 많은데. 아저씨는 브라질이 축구 말고 뭐가 유명한지 하나도 모르지?"

……아마도 그럴 것이다.

결국 분위기가 더 험악해지기 전에 사토와 재현이 중재를 해서야 간신히 그들을 말릴 수 있었다.

그들은 서로 얼굴도 보기 싫다는 듯 고개를 돌렸다.

당장은 다시는 보지 않겠다는 듯 보였다.

조금 시간이 지나면 다시 관계를 회복하니 그다지 걱정도 되지 않았다.

'코 흘리는 꼬맹이도 아니고. 하루하루 재밌게 사네.'

티격태격해도 사이가 좋으니 이러는 게 아닐까 생각하는 재현이었다.

"그러고 보니 어떻게 할 거야?"

"뭘요?"

"전에 내가 명함 주면서 말했던 거 말야."

"아직도 생각 중이에요."

이것저것 조사해 본 결과 원정을 가는 것도 꼭 나쁜 것은 아니란 걸 알았다.

일단 돈이 들어오고, 국가에서도 지원을 빵빵하게 해 주기 때문에 손해는 아니었다.

'굳이 내게 필요한지는 모르겠지만.'

돈에 여유가 생기니 사냥에 대한 집착이 확실히 줄어든 재현이다.

이젠 돈을 번다기보다 이들을 보려고 오는 경우가 많았다.

"우린 곧 아프리카로 원정 간다."

"예? 아프리카로 가요?"

그들이 아프리카로 간다고 하는 건 금시초문이었다.

"아, 내가 말 안 했나? 하하하. 벌써 일주일 전에 신청을 넣었거든. 한 달 안으로 아프리카 원정 결정이 날 거다."

아일린이 재현을 바라보며 물었다.

"이럴 게 아니라 같이 가 보는 건 어때? 경험도 되고, 손해도 안 볼 텐데."

"맞아요. 재현이 형도 같이 가요."

그들도 재현과 함께 있고 싶은 마음이었지만 생계를 위해서는 원정을 가야 했다.

돈을 벌어 놓긴 했어도 헌터계에서 지내다 보면 억 단위는 우습게 빠져나간다.

포션 값 때문일 수도 있고, 매직 아이템 때문일 수도 있다.

몸을 보호하기 위해서, 원활한 사냥을 위해 새로운 무기를 구입하는 일은 헌터에게 있어 일상이다.

특히 민간 헌터라면 무기에 크게 의존할 수밖에 없다.

검보다는 총이 더욱 안전하기 때문에 민간 헌터들은 총을 선호하는 편이다.

다루기도 쉽고, 처음 사용하는 사람도 하루 이틀만 교육받으면 금방 적응할 수 있는 무기가 총이니까.

물론 검을 주로 쓰는 민간 헌터도 있긴 하지만, 드문 편이다.

대부분 헌터들은 총을 쓰기 때문에 총알 값이 따로 나간다.

아프리카가 몬스터의 값이 한국보다 싸도 개체 수가 많기 때문에 벌었으면 더 벌었지, 못 벌지는 않는다.

"자이언트 크라켄을 잡아서 그런지 돈이 많아서 걱정 안 되는 것일지도 모르지만, 꼭 돈을 벌기 위해 간다고 생각하는 건 안 가 본 사람들만 말하는 거야. 원정을 가는 것도 다 경험을 쌓는 거거든."

거기에 아일린도 말을 보탰다.

"난 능력자가 아니라서 모르지만, 능력자들이 말하는데 아프리카는 자연이 좋아서 기가 충만하다고 들었다. 가서 수련해도 한국에서 하는 것보다 도움이 많이 될 거야."

자연이 좋다는 말에 재현이 순간 혹했다.

'자연이 좋다라…….'

확실히 한국보다 자연공원이라든가 개발되지 않은 땅이 있는 아프리카가 자연의 기운이 충만할 거란 생각이 들었다.

조사는 해 봤지만 능력자들이 자연의 기가 충만하다는 말은 들어 본 적이 없었다.

이미 알려질 대로 알려진 것이라서 그런 것일 수도 있고, 재현이 놓치고 지나간 것일 수도 있다.

"물론 같이 가자고 하는 건 그저 내 욕심일 뿐이야. 솔직히 말해 네가 함께하면서 우리도 꽤 사냥이 편해졌거든."

"돈도 잘 벌고 말이죠?"

조환성이 부정하지 않겠다는 듯 웃으며 고개를 끄덕였다.

그의 말을 들은 재현은 다시 진지하게 고민해야겠다고 생각했다.

*　　*　　*

집으로 돌아온 재현은 다시 인터넷을 켜고 아프리카 원정에 대해 조사를 시작했다.

이미 조사한 내용들은 생략하고, 아프리카에 원정을 갔다 온 능력자들의 후기를 살펴보았다.

[불을 쓰는 마법사입니다. 처음에는 돈을 벌기 위해 아프리카로 원정을 갔는데 이제는 제 수련을 위해 가기 시작했습니다. 확실히 기(氣)가 다른 나라들보다 충만하더라고요. 덕분에 중급 헌터 심사도 보고, 당당히 합격했습니다.]

그 밑으로는 중급 헌터 심사 합격을 축하드린다는 덧글

로 가득했다.

[바람의 정령사입니다. 아프리카 원정 가세요. 두 번 가세요. 아니, 될 수 있으면 많이 가세요. 안 가는 것보다 가는 게 이득입니다. 그저 정신력만 높이면 되는 초능력자분들에게 안 된 일입니다만, 마나와 비슷한 힘을 쓰는 헌터들께서는 아프리카에 가서 수련하면 한국보다 훨씬 진전이 빠릅니다. 아프리카에서 바람의 정령을 상급으로 만들었습니다. 초급 정령일 때보다 더 빨리요. 아프리카는 진짜 미친 곳입니다.]

재현은 다른 게시글도 살펴보고서 사람들이 꽤 아프리카를 많이 갔다 왔구나, 하고 생각했다. 그리고 그들의 말을 종합해 보면 아프리카 원정이 수련에 많은 도움이 된다는 것이었다.

오히려 다 짜고 올린 게 아닐까 하는 생각이 들 정도였다.

그만큼 자연환경이 좋다는 의미일 것이다.

'상급 정령이라…….'

다른 것보다 자신과 같은 정령사가 엄청나게 빨리 정령을 진화시켰다는 것에 재현이 순식간에 혹했다.

처음에는 갈 생각은 없었는데, 막상 이렇게 게시글을 보니 생각이 달라졌다.

가 보고 싶었다.

안 그래도 요즘 사냥보다 수련에 더욱 열을 올리고 있었다.

'경험이라…….'

경험을 쌓은 것과 안 쌓은 것의 차이를 누구보다 잘 아는 재현이다.

해외에 나가는 것만 해도 굉장한 경험이 된다.

생전 처음 가 보는 아프리카.

그곳에서 직접 생활하며 단체 생활을 하면 그게 얼마나 클까.

타지라서 당연히 힘들겠지만 극복할 수 있다. 다만 크게 걱정할 윤정과 가족이 마음에 걸렸다.

일단 가족과 윤정에게 말하고 결정하기로 했다.

아프리카가 몬스터가 많은 만큼 위험이 많이 따를지도 모른다.

"결국 결정한 거야?"

다른 정령들과 놀고 있던 운다인이 그렇게 물었다. 재현은 고개를 끄덕였다.

"응. 이제 확실해졌어. 가 보고 싶어."

"우리야 재현이가 가는 곳이 어디든 상관없지만, 윤정이랑 가족들은?"

"말해야 되겠지."

말린다고 해도 재현이 그냥 신청해 버리면 갈 수 있다.

원정을 가서 일어나는 일들은 전부 본인이 책임지는 것이지, 부모 동의가 필요한 것이 아니니까.

'근데 원정을 가는 게 진급에 도움이 되는 줄 꿈에도 몰랐네.'

게시글을 보다 보니 알게 된 건데 진급 심사에서 해외 원정은 가산점을 준다고 한다.

타지에서 대한민국을 알리는 일이다 보니 가산점이 있는 것이다.

중급 정령사도 되었겠다, 다른 정령들도 중급 정령들로 만들고 나면 한번 심사를 볼까 생각 중이었던 재현이었다.

가산점을 얻어서 나쁠 건 없었다.

"오빠, 나 왔어."

때마침 윤정이 집에 들어왔다.

"왔어? 윤정아, 할 말 있어."

"할 말?"

윤정은 재현이 진지한 표정을 짓고 있다는 걸 알 수 있었다.

그가 진지한 표정을 지을 때는 정말 진지한 애기를 한다는 뜻이었다.

그녀는 잠깐 기다리라 말한 후, 가방을 놓아 두고 그의 맞은편에 앉았다.

“중요한 일이지? 할 말이란 게 뭔데?”

“원정 갈까 생각 중이야.”

“원정? 레이드 공격대에 들어가게?”

재현은 고개를 끄덕였다.

아직 확실한 건 아니지만 가능하면 들어가서 경험을 쌓고 싶었다.

“별로 생각이 없는 것 같더니 무슨 바람이 불었어?”

“좀 더 다양하게 경험하면서 실력을 쌓고 싶어서. 나름대로 수련을 열심히 하고 있지만 부족한 게 사실이야. 자이언트 크라켄 사건 때부터 뭔가 알 듯 말 듯한 것도 있고. 그리고…….”

그는 자신의 생각을 그녀에게 전부 말했다.

동거를 시작한 지 얼마 되지 않았는데 이러는 건 너무한 거 아닌가 본인 스스로도 생각하고 있었다.

하지만 살면서 해 보고 싶은 걸 하고자 마음먹으면 누구도 말릴 수 없는 게 남자란 생물이다.

그렇게 장장 30분 간 자신의 생각을 그녀에게 말했다.

얘기를 모두 들어준 윤정은 흔쾌히 고개를 끄덕였다.

“그럼 가면 되잖아.”

"뭐?"

너무 흔쾌히 승낙해 줘서 재현의 어안이 벙벙해졌다.

살짝 삐쳐서 너 좋을 대로 해라, 라고 말하는 분위기도 아니었다. 정말 승낙해 주는 분위기였다.

"어…… 정말? 말리지 않아?"

"말릴 이유가 없잖아. 오빠 성격상 말린다고 해도 어떻게든 설득하려고 할 것 같은데."

맞는 말이긴 했다. 그래도 좀 알고 지낸 덕분인지 그녀는 재현의 성격을 파악했다.

이미 한번 정한 것은 어떻게든 하고야 마는 행동파. 혹은 고집쟁이다.

"서운하지 않아?"

"물론 좀 서운하긴 하지만……."

윤정이 그에게 다가와 그의 머리를 끌어안았다.

"오빠가 이상한 생각으로 가는 것도 아닌데 내가 발목을 잡는 건 말이 안 되잖아. 그리고 애인이 하고자 하는 일을 서로 밀어주는 게 연인의 도리라고 생각해. 안 그래?"

재현은 감동을 먹은 표정을 지었다.

그는 그녀를 사랑스럽게 꼭 끌어안아 주었다.

"고마워."

윤정이 호호 웃으며 장난스럽게 말했다.

"나만 한 여자 없지?"

"응. 이렇게 사랑스러운 자기를 놔두고 가는 게 면목이 없어지네."

쪽! 하고 재현은 미소를 지으며 그녀의 뺨에 입을 맞췄다.

그녀가 환하게 웃었다.

"근데 좀 오래 걸릴 수도 있어. 일단 한 달을 잡고 있는데 괜찮겠어? 동거하기 시작한 지 얼마 되지도 않았는데 내가 훌쩍 아프리카로 간다고 하니까 미안하잖아."

"어쩌겠어. 놀러 가는 것도 아니고, 일하러 가는 건데. 그 정도는 감수해야지. 어차피 나야 다시 집에 있다가 오빠 돌아오는 날 다시 오면 되니까. 가서 열심히 해."

오히려 격려해 주는 윤정. 재현은 그녀를 더욱 꽉 끌어안았다.

"고마워. 윤정이를 만난 건 진짜 내 생에 가장 행운이야."

남자친구를 이렇게 이해해 주는 여자도 드물다.

그녀는 남성들이 이상으로만 그리던 여성이었다.

이래서 재현이 그녀를 좋아했던 것인지도 모른다.

"오빠가 자주 사냥한다는 사람들 중 브라질인 여자가 있었다고 했지?"

"응."

"예뻐?"

"음…… 예쁜 편이지?"

나올 곳은 나오고, 들어갈 곳은 들어가고.

이국적인 외모에 활동적인 그녀를 보면 누구나 다 그 매력에 빠져들 것이다.

재현은 윤정이 있기에 아무 생각도 안 들긴 하지만 말이다.

"거기에 나 없다고 그 여자한테 한눈팔아 봐. 다른 여자도 마찬가지야. 바람피우기만 해 봐. 가만 안 둘 거야."

그때는 정말 가만 안 두겠다는 표정이다.

물론 바람을 피울 생각은 추호도 없었지만 말이다.

윤정도 재현을 믿고 있지만 사람 일은 모르는 법이니까 이렇게 미리 경고하는 것이다.

재현이 하하 웃으며 알겠다고 대답했다.

그때 가만히 그 둘의 대화를 듣고 있던 썬더러가 그들의 사이에 끼어들었다.

"그건 걱정 마, 윤정아. 우리들이 단속할 테니까!"

"그래. 너희들이 재현이가 한눈팔지 않게 해 줘. 좀 수상하다 싶으면 썬더러 네가 전격 좀 쏴 줄래?"

"사람 정신 번쩍 들게 하는 건 내 전문이야."

"그래, 바람피우면 안 죽을 만큼 적당히 전기 좀 쏴 줘."

"맡겨만 둬!"

아무렇지 않게 살벌한 말을 하는 것을 듣는 재현은 어색한 미소를 지었다.

카사노바라 한들 이 대화를 들으면 목숨이 아까워서라도 하지 않을 것이다.

윤정에게 흔쾌히 수락을 받은 재현은 가족들에게 전화해 허락을 받았다.

재희는 뜻대로 하라며 대신 몸조심할 것을 당부했고, 지혜는 너무 위험한 지역에 가지 않는 조건으로 승낙을 했다.

동의를 하니 마음의 짐을 덜어 낼 수 있었다.

'이제 마지막으로 할 건…….'

재현은 지갑에 넣어 두었던 명함을 꺼냈다.

일루전 컴퍼니.

조사해 본 바로, 윤정의 말처럼 세계에서 1, 2위를 다투고 있는 최대의 민간 헌터 회사다.

그곳의 회장이 자신을 눈여겨보고 있다는 것이 의아하기도 하지만, 여러 회사에서 영입 제안을 해 온 것을 보면 일루전 컴퍼니의 회장만이 아닌 것 같았다.

"일단 조건을 들어 볼까?"

영입 제안을 하려고 찾아온 곳의 명함도 있었다. 재현은 일단 그 회사에 전화하고 조건을 들어 보았다.

최대한 조건이 좋은 곳과 대우를 해 주는 곳으로 갈 요량이었다.

*　　*　　*

이튿날, 일루전 컴퍼니는 때아닌 난리가 났다.

자이언트 크라켄 사건으로 이름이 널리 알려졌던 재현이 조건을 들어 보기 위해 전화를 한 까닭이었다.

회사 내에 있던 사토가 조환성이 있는 흡연 장소로 갔다.

거기에는 아일린도 있었다.

확실히 친하긴 한데 말을 하다 보면 어느새 으르렁거리고 있는 그들이다.

이번에도 마찬가지였다.

한눈을 판 사이에 서로 으르렁거리고 있었다.

무슨 일이 있었는지는 모르지만 늘 있는 일이기 때문에 주위에 있는 직원들은 그냥 재밌게 구경만 할 뿐이다.

때마침 사토가 나오자, 그 둘이 눈을 번뜩이며 그에게 달려갔다.

"사토, 마침 잘 왔다. 글쎄 이 아저씨가 브라질 담배가 맛이 없데. 진짜 담배 맛도 모르면서 말야. 정작 중국 담배가 더 맛없는데 말이지."

"생각해 봐라, 사토. 중국 담배는 다양하니까 맛은 천차만별이다. 당연히 그중 맛없는 게 있을 수밖에 없지 않겠니?"

이제는 싸울 게 없어서 담배로 싸우다니.

이 로봇이 더 멋있다고 싸우는 어린애 모습을 본 것 같았다.

어이가 없고, 황당하고, 기가 막혀 뭐라 말이 안 나왔다.

"생전 담배를 입에 물어 본 적도 없는 비흡연자한테 맛을 물어보셔도 뭐라 답을 못 드리겠는데요."

"아, 맞다. 그랬지."

둘은 머쓱한 표정을 짓더니 타깃을 변경한다. 흡연 장소이기 때문에 흡연자들로 넘쳐 나는 곳이다.

그들에게 브라질 담배와 중국 담배 중 뭐가 맛있는지 말해 달라고 고래고래 떠들었다.

그놈의 자존심이 뭐라고 창피할 짓을 대놓고 하는 그들을 보며 자기가 더 창피해지는 사토였다.

일루전 컴퍼니 소속의 헌터들의 국적은 다양하다.

일본, 중국, 아르헨티나, 러시아, 미국, 몽골 등등.

세계 각지의 헌터들이 이곳에 있었다. 물론 한국 지부이기 때문에 한국인들도 많았다.

이곳에 모인 이들은 '그게 뭐라고 저렇게 난리를 피우는 걸까' 라는 표정이었다.

결국 주변이 떠들썩하자 경비가 와서 지금 시끄럽다고 계속 민원이 오니까 제지를 주었다.

사토도 말리지 못한 그들의 언쟁은 경비 아저씨의 말 한마디에 허무하게 끝나 버렸다.

'환성이 형하고 아일린 누나는 다 좋은데 제발 창피한 짓 좀 안 했으면…….'

사토는 이 말이 목구멍까지 치고 올라왔지만 속으로만 삼켰다.

남의 기분을 상하지 않게 하는 일본인 특유의 문화 때문에 하고 싶은 말도 하지 못하는 사토.

사태가 진정되자 조환성이 물었다.

"근데 네가 여기 왜 왔냐?"

방금 전 일 때문에 깜빡하고 있다가 그제야 자신이 여기 온 목적을 떠올릴 수 있었다.

"내 정신 좀 봐. 재현이 형이 드디어 마음을 정한 모양이에요. 지금 재현이 형이 일단 조건부터 들어 보겠다고 연락 와서 발칵 뒤집혔어요."

"오, 그래? 어제 한 말에 결국 마음을 정했나 보네."

어제 그렇게 말했는데도 안 가겠다고 하면 그냥 여기서 헤어지는 샘 치기로 했던 조환성이다.

같이 가면 좋지만, 안 가면 어쩔 수 없다고 생각했다.

"이미 영입 제안을 한 회사가 꽤 될 텐데. 여기에 올까요?"

"뭘 걱정하고 그래?"

조환성은 별로 걱정도 하지 않은 듯 여유롭게 담배를 하나 더 꼬나물었다.

"여기에 들어올 수밖에 없을 텐데."

조환성이 확신하며 말을 이었다.

"우리 회사가 막 굴리는 건 있어도, 공식 헌터에게 터치를 거의 못 하잖아. 그러면서 지원이나 페이가 빵빵하고. 일단 회장이 눈여겨볼 테니까 대우는 지금까지 같이 한 공식 헌터들보다 당연히 좋을 테고."

회장도 분명 재현이 들어왔을 때 손익을 계산했을 것이다.

회사에서 쓸 돈과 그가 벌어들일 돈 등등.

당장은 빠져나가는 구조지만, 그가 일루전 컴퍼니와 동행으로 가는 것만으로도 회사의 이름은 크게 알려진다.

만일 그가 보스 몬스터를 사냥했을 경우에는 그보다 훨

씬 더 큰 이익을 얻을 수 있다.

이익을 봤으면 봤지, 절대 손해는 보지 않는다.

"우리는 그냥 그 녀석이 이번에 자기도 원정 갈 거라는 연락만 기다리기만 하면 돼. 첫 원정일 테니 챙길 물품도 알려 주자고."

* * *

여러 민간 헌터 회사의 조건들을 들어 본 결과, 재현은 가장 좋은 곳으로 결정했다.

그가 결정한 곳은 일루전 컴퍼니. 조환성이 속한 회사였다.

지원도 100억까지 해 주고, 숙식도 해결해 주겠다고 한다.

재현은 그저 자신의 짐만 챙겨 가면 되는 것이다.

다른 회사들보다 대우가 너무 좋아 재현은 곧바로 일루전 컴퍼니와 계약을 체결하고, 원정을 가기 위한 절차를 진행했다.

일루전 컴퍼니에서 원정을 갈 나라는 남아프리카 공화국이다.

그는 헌터위에 원정을 신청하고, 민간 헌터와 같이 동행하겠다고 의사를 밝혔다.

범법을 일으킨 적이 있는지, 혹은 일으킬 만한 사람인지.

원정을 갈 정도의 실력자인지 등등 헌관위에서 다양한 조사를 한 후에 수락을 한다.

재현의 경우라면 손쉽게 수락할 것이다.

범법 행위를 일으킨 적도 없고, 자이언트 크라켄을 잡으면서 실력도 인정을 받고 있으니까.

처음만 복잡한 절차를 거치지, 한 번 해 두면 다음에는 신청만 하면 된다고 조환성이 말해 주었다.

"여권 만들고, 장비 등록도 하고, 비자도 발급받고……."

여권은 시청에 가서 만들면 된다.

여권을 발급받는 데 걸리는 시간은 일주일에서 2주 사이다.

언제 아프리카로 갈지 기한이 나왔다. 정확히 3주 정도. 시간은 나름대로 여유가 있었지만 미리 다 하고 쉬기로 했다.

그가 해외로 나갈 때 들고 갈 장비는 반드시 등록하게 되어 있다.

재현의 경우 들고 가는 장비는 그렇게 많지 않았다.

공항 홈페이지에 접속해서 무슨 장비를 챙겨 간다고 신

고해야 한다.

아무래도 무기를 소지하는 것이다 보니 테러가 일어나기 쉽기 때문이다.

만일 신고하지 않거나 신고 이외의 장비를 들고 가면 압수 혹은 처벌을 받게 된다.

깜빡하고 신고하지 않았다면 따로 검사를 맡아야 하는데, 시간이 오래 걸린다고 하니 재현은 자신의 장비를 하나도 빼놓지 않고 꼼꼼히 살핀 뒤 등록을 했다.

"복잡하다 복잡해!"

장비 등록을 하는 게 뭐가 이리 절차가 까다로운지.

재현은 머리를 싸매며 한 글자 한 글자 꼼꼼히 읽어 가며 하나씩 등록하기 시작했다.

그렇게 바쁘게 지내다 보니 눈 깜짝할 사이에 시간이 흘러 원정 날짜가 다가왔다.

재현과 윤정은 아프리카에서 생활할 짐들을 싸 두고서 놓고 가는 게 없는지 확인하고 있었다.

"여권하고 비행기 표."

"여권은 챙겼고, 비행기 표는 회사에서 주기로 했어."

"지갑하고 헌터증."

"그것도 챙겼지."

"장비 등록 증서."

"아, 그거 식탁에 있어. 갖다 줘."

"큰일 날 뻔했잖아. 오빠 맨손으로 싸울 뻔했어."

"정령들이 있어서 굳이 무기까지 쓰지는 않지만 없는 것보다는 나으니까."

하나 빼먹을 뻔한 것 말고 다 챙긴 재현.

시계를 바라보니 어느새 벌써 갈 시간이 되었다.

그는 서둘러 신발을 신고 엘리베이터를 타고 내려갔다. 그녀도 뒤따라왔다.

윤정도 마음 같아서는 공항까지 배웅을 해 주고 싶었다.

하지만 아쉽게도 오늘 일이 있어서 멀리까지 배웅을 할 수가 없었다.

"갔다 올게."

"응. 자주 연락할 거지?"

"당연한 걸 가지고. 매일 할 테니까 걱정하지 마."

휴대폰이 없어지면 빌려서라도 할 생각인 재현이다. 그가 원정을 가는 기간은 고작 한 달이지만, 연인에게 한 달이란 긴 시간일지도 모른다.

"말라리아 예방약은 반드시 먹고. 말라리아가 엄청 무서운 거니까 조심하고. 위험한 상황이 닥치면 도망치고, 어지간하면 나서지 말고."

사람들이 하는 걱정은 다 똑같은 모양이다. 재현은 방긋 미소를 지으며 가슴을 주먹으로 통통 쳤다.

"걱정하지 마. 오빠만 믿어. 그리고 나한테는 믿음직스러운 녀석들이 있잖아. 정말 위험하면 이 녀석들이 날 지켜 줄 거야."

정령들이 텔레파시로 '우리만 믿어!' 라고 말하고 있었다.

그가 애들의 말을 전해 주자 윤정은 고개를 끄덕였다.

설악산에서 일어났던 몬스터 준동 당시 정령들의 힘을 직접 본 적이 있어 재현의 말에 믿음이 갔다.

윤정은 마지막으로 재현을 안고, 입술에 입을 맞췄다.

"잘 갔다 와, 오빠."

"그래. 한 달 뒤에 보자. 선물 잔뜩 사 올게."

그는 기대하겠다는 윤정의 말을 듣고 다시 입맞춤을 한 후, 트럭에 탑승했다.

"자, 그럼 가 볼까?"

재현이 모는 트럭의 바퀴가 미끄러지듯 인천 공항을 향해 출발했다.

그녀는 트럭이 시야에서 사라질 때까지 이를 지켜보았다.

윤정과 재현에게 가장 긴 한 달이 될 것 같았다.

*　*　*

인천 공항의 주차장에 차를 대고, 재현은 짐을 챙겨 조환성과 만나기로 한 장소로 이동했다.

그들과 만나기로 한 곳은 공항에 있는 면세점 앞이었다.

면세점까지 오자 자신이 가장 늦었던 모양이다.

조환성, 사토, 아일린이 백팩을 멘 채 서 있는 것이 보였다. 여러 가지 바리바리 싸 온 재현과 상당히 비교되는 모습이다.

최대한 빨리 밟으며 오긴 했는데 그들은 오래전에 도착한 듯, 이미 비워진 커피잔을 들고 있었다.

"오, 왔구나."

"제가 좀 늦었죠?"

"아냐. 우리가 지나치게 빨리 온 것뿐이다. 자, 여기 비행기 표."

조환성이 그에게 비행기 표를 건네주었다.

재현은 비행기 표를 여권에 끼워 두었다.

"그나저나 뭘 이렇게 많이 싸 왔어? 여행 가는 것도 아니고."

"장비 넣고, 옷 넣고, 약 넣고 하다 보니 짐이 엄청 많아지던데요."

그나마 이것도 최소한으로 해서 온 것이다.

해외에 나가거나 원정 가는 일이 잦은 그들과 달리 재현은 해외로 나가는 게 처음이다.

"뭐, 처음이니까 이해해야지. 어차피 자주 가다 보면 그리 많이 필요하지 않다는 걸 알게 될 테니까. 아, 일단 먼저 환전부터 해."

아일린이 엄지손가락으로 어딘가를 가리킨다.

면세점에서 얼마 떨어지지 않은 곳에 환전소가 있는 것을 볼 수 있었다.

그는 원화를 남아프리카 공화국 화폐로 환전했다. 환전한 액수는 오만 원 상당이었다.

랜드(Rand).

이것이 남아프리카 공화국의 화폐 단위였다.

난생처음 보는 화폐이기에 재현은 신기하게 바라보았다.

한국의 화폐는 위인들과 문화유산인 것에 비해, 남아프라카 공화국의 화폐에는 동물들이 있었다.

10랜드에는 코뿔소, 20랜드에는 코끼리, 50랜드에는 사자, 100랜드에는 버팔로, 200랜드에는 표범이다.

뒷면은 어떤 지폐 할 것 없이 전부 넬슨 만델라 대통령의 초상화였다.

"그렇게 신기하냐?"

"달러나 엔화는 본 적이 있는데 남아프리카 공화국 화폐는 처음 봐서요. 무엇보다 화폐 단위가 랜드라는 걸 지금 알았어요."

"하기야. 누구나 처음 보는 화폐를 보면 다 똑같은 반응이지. 사토도 아프리카 원정은 이번이 처음인데, 랜드로 환전했을 때 똑같은 표정을 지었었지."

이미 몇 번을 원정을 가 본 조환성과 아일린은 이제 신기할 것도 없지만, 그들도 남아프리카 공화국의 화폐를 처음 봤을 때 재현과 같은 반응이었다.

1랜드에 90원.

총 550랜드.

남은 돈은 거슬러 받았다.

원화 대신 랜드가 그의 지갑에 채워졌다. 색다른 기분이 들었다.

그가 환전을 하자, 시계를 바라본 아일린이 조환성을 바라보았다.

"아저씨, 시간 됐어. 지금 가야 돼."

"벌써 그렇게 됐나? 좋아, 그럼 가자고."

재현은 그들을 따라 전세기로 이동했다.

헌터 장비 등록 증서를 내고, 모든 품목을 확인 후, 짐을 챙겨 비행기 안에 들어올 수 있었다.

재현은 창 쪽이었다.

이번에 원정을 가는 헌터들이 모두 탑승하자, 안내 방송이 나온다.

비상시 행동 요령에 대해 안내 방송이 나오면서 스튜어디스가 직접 보여 주었다.

호흡기 착용 방법부터 탈출 요령까지.

다들 이미 익숙해 신경도 안 쓰고 있었지만, 재현은 달랐다.

—남아프리카 공화국의 프리토리아 공항으로 가는 비행기입니다. 곧 출발할 예정이오니 승객 여러분들께서는 안전벨트를 해 주시기 바랍니다. 감사합니다.

비행기가 드디어 움직이기 시작했다.

엄청난 속도로 하늘을 비행하는 비행기. 재현은 정말 해외로 가긴 가는구나 하고 생각하며 밖을 내다보았다.

비행기가 하늘을 날자 주위 풍경이 작아지는 건 금방이었다.

Chapter 09
남아프리카 공화국

행정 수도 프리토리아(Pretoria).

입법 수도 케이프타운(Cape Town).

사법 수도 블룸폰테인(Bloemfontein).

남아프리카 공화국의 수도는 총 세 개나 되었다.

생존의 시대 당시 아프리카는 몬스터에게 별다른 대항도 못 하고 많은 인명 피해를 낳은 땅이기도 했다.

각국의 지원과 스스로를 지킬 힘이 있던 나라들은 어떻게든 지켜 내고 극복해 내 국가를 유지했지만, 멸망한 나라도 몇몇 된다.

남아프리카 공화국도 아프리카에서 살아남은 국가 중 하

나다.

과거 나미비아, 보츠와나, 짐바브웨, 스와질랜드, 마다가스카르였던 영토를 탈환하고 되찾아 주었지만, UN에서 지원해 주는 것도 한계가 있었다.

스스로를 지킬 힘이 없어 결국 남아프리카 공화국에 흡수되어 관리되고 있었다.

프리토리아 공항에 나오자 그의 눈에 보인 것은 해외에서 온 헌터들을 환영한다는 문구였다.

그 옆에는 생존의 시대 당시 몬스터에게 저항하는 것을 나타내는 군인 동상들도 함께 있었다.

평생 인연이 없을 것 같았던 아프리카에 처음 발을 내딛자 재현은 생각보다 덥지 않은 것에 감탄했다.

"생각보다 덥지 않네요?"

정령력 덕분에 더위를 잘 모르는 재현이지만 더운지, 추운지 정도는 정령력을 잠깐 억제해 보면 알 수 있었다.

정령력을 억제해 보니 그다지 덥지도 않고 딱 좋았다. 한국의 여름이랑 다를 바 없었다.

"남아프리카 공화국의 지금 계절이 봄이다. 당연히 그리 안 덥지. 당분간 이 날씨겠지만, 곧 완전한 여름이 올 거다."

한국과 계절이 반대인 남아프리카 공화국이었다.

"그나마 여기 겨울도 한국에 비하면 엄청 따뜻하지. 봄이라고 해도 밤낮의 기온차가 엄청나니까 긴팔은 챙겨 와야 한다."

긴팔이라면 혹시 몰라 여벌로 몇 개 챙겨 왔던 재현이다. 그리 걱정은 안 해도 될 것 같았다.

"오늘은 간단하게 숙소로 가기만 하면 끝. 그리고 브리핑. 브리핑은 조의 리더가 하는 일이니까 조원들은 숙소 도착하고 짐 푼 후에 관광이라도 해."

이번에 아프리카에 원정을 온 인원은 총 스무 명.

네 명이 한 조가 되어 이번 원정에 선발되었다.

경쟁을 해 가장 성과를 많이 낸 조에게 성과금이 나온다고 하는데, 이는 재현도 포함되는 내용이었다.

당연히 그는 같이 호흡을 맞췄던 조환성 팀과 함께하게 되었다.

숙소까지 일루전 컴퍼니에서 대여한 버스를 타고 이동했다.

5성급 호텔까지는 바라지 않았지만, 최소 4성급 호텔 정도는 되는 숙소였다.

일루전 컴퍼니가 운영하는 호텔이다.

평소에는 다른 소속의 헌터가 와도 받아 주지만 일루전 컴퍼니에서 원정을 나올 때는 자사의 헌터들만 쓰게 된다고 한다.

2인실이며 여성방과 남성방은 당연히 따로 나뉘어져 있다.

사토와 재현이 같은 방을 쓰게 되었고, 조환성은 다른 조의 리더와 함께 쓰기로 했다.

*　　*　　*

늦은 점심을 먹고 숙소에서 정령들과 뒹굴거리거나 윤정과 문자를 하고 있는 재현.

사토는 무기를 손질하거나 휴대용 게임기를 가지고 와 시간을 보냈다.

그런 그들의 방에 조환성이 찾아왔다.

"이봐, 삭막하게 방에서 가만히 뭐하고 있어?"

그의 목소리를 듣자 게임기에서 눈을 떼지 않던 사토가 그를 바라보았다.

"회의 끝났어요?"

"어차피 간략한 정보만 공유하는 것뿐이니까. 본 회의는 저녁에 하겠지만. 다름이 아니라 너희들에게 보여 줄 게 있어서 말이지."

보여 줄 게 뭘까. 재현과 사토는 일단 자리에서 일어나 그의 뒤를 따랐다. 밖으로 나오니 그들의 방문 앞 벽에 아일린이 등을 기댄 채 서 있었다.

그들은 조환성을 따라 같이 이동했다. 그가 데리고 간 곳은 호텔의 지하였다.

실제 무기를 들여오다 보니 주차장 곳곳을 순찰하는 이들이 있었다.

경비가 와서는 일단 그들의 신원을 확인했다. 확인이 완료되자 안으로 들여보내 주었다.

무언가가 천에 덮여 있었다.

"자, 이번에 회사에서 지원해 준 거다. 이제 막 도착했다. 기대해도 좋아."

그가 꺼내서 보여 준 것은 세 대의 오토바이였다.

빨간색, 초록색, 파란색의 오토바이.

얼굴이 비칠 정도로 코팅이 잘 된 게 딱 봐도 비싸 보였다.

오토바이의 종류는 잘 모르고, 오토바이 면허도 없지만, 그래도 어릴 때 방황한 덕분에 오토바이를 타 본 적이 있었다.

"갑자기 웬 오토바이에요?"

"후후. 놀라지 마라. 이 오토바이가 그냥 오토바이가 아니다."

무슨 말일까. 이해를 못 하고 있는 재현을 위해 아일린이 나서서 보여 주기로 했다.

"오토바이 탈 줄 알아?"

"예. 면허는 없지만요."

"그럼 그냥 오토바이랑 이게 뭐가 다른지 봐 봐."

재현은 오토바이를 여기저기 살펴보았다. 처음에는 뭐가 다른지 몰랐는데, 곧 알 수 있었다.

핸들 부분이 달랐다.

기어와 핸드 브레이크는 당연히 있었지만 그것만 있는 게 아니었다. 정체를 알 수 없는 버튼도 함께 있었다.

그가 버튼을 계속 주시하자 아일린이 피식 웃었다.

"이 버튼이 이상하지? 바로 이게 큰 차이점이야."

"확실히 그렇긴 한데, 버튼이 있는 것 말고 다른 점을 못 찾겠는데요?"

"지금 상태로는 그렇지. 하지만 이 버튼을 누르면……."

찰칵! 하고 열리는 소리가 들리더니 갑자기 핸들 부분이 변화한다. 홀로그램이 나와 오토바이의 정보를 띄웠다.

"이렇게 오토바이의 정보가 나타나지. 하지만 이게 다가 아냐."

그녀는 핸들 부분의 빨간 버튼을 눌렀다.

팅!

쇳덩이가 튕겨지는 소리가 들렸다.

아주 익숙한 소리에 재현이나 사토가 의아한 표정을 지

었다.

그녀가 다시 물었다.

"무슨 소리 같아?"

"공이가 때리는 소리랑 비슷한데요?"

먼저 대답한 것은 재현이었다.

사토도 재현과 같은 생각이었다.

"맞아. 그거야."

아일린이 웃으며 회색 버튼을 눌렀다.

주유기가 열리는 비슷한 소리와 함께 그녀는 라이트 옆의 보닛을 열었다.

거기에는 숨겨진 공간이 나왔다.

기관총탄을 넣는 것과 똑같은 통이 나왔다.

"여기에 탄을 넣는 거지."

"오토바이에 총을 장착하다니……."

"참고로, 반대쪽은 점착 폭탄이나 수류탄을 보관하는 곳도 있어."

그녀는 이번에 주황색 버튼을 눌렀다. 앞쪽의 형태가 변화하며 커다란 원통 모형의 뭔가가 나온다.

구멍이 뻥 뚫려 있었고, 그 구멍에 빛을 비추어 보니 공이가 보였다.

"수류탄을 넣는 곳은 따로 있고, 거기에 넣으면 자동으로 유탄 발사기처럼 쓸 수도 있어. 버튼식이라서 이건 자동으로 장전하는 게 아니야. 상황에 따라 따로 빼서 손에 잡는 것도 가능해."

"……."

생전 처음 보는 것에 재현과 사토는 기가 막히면서도 신기해 눈을 떼지 못하고 있었다.

이런 병기가 있는 줄은 상상도 못 했다.

이런 엄청난 것을 여태까지 왜 몰랐는지가 더 의문이었다.

"아일린 누나. 이렇게 좋은 걸 놔두고 왜 한국에서 사용 안 하셨어요?"

의문을 표한 것은 사토였다.

그도 이런 병기는 처음 보기 때문에 재현과 다를 바 없는 반응이었다.

"사용을 안 한 게 아니라 못하는 거야. 한국이나 일본은 오토바이를 몰면서 사냥이 불가능해."

"왜요?"

"몬스터들이 대부분 산에 있고, 유령도시도 무너진 빌딩 잔해하고 갈라진 아스팔트 때문에 사고 날 위험이 있으니까. 많이 타 본 사람이라면 그런 건 아무것도 아니겠지만 말야."

그녀는 잠시 숨을 고르며 말을 이었다.

"그리고 가장 주된 이유는, 이걸 '몬스터 헌터'라고 부르는데 한국과 일본은 몬스터 헌터 운용을 금지하고 있어."

"아아."

어쩐지. 한국에 한 대도 없다 했더니 그런 깊은 이유가 있었구나, 새삼 알게 된 재현이었다.

사토도 마찬가지로 일본에 없던 이유를 알게 되었다.

* * *

재현은 프리토리아를 구경하면서 조작법을 익히기 위해 몬스터 헌터에 탑승했다.

사토는 오토바이를 탈 줄 몰라 처음에는 조심스러웠지만, 막상 타 보니 넘어지지 않고 운전도 잘했다.

그 이유는 바로 운전자가 넘어지지 않게 인공지능이 탑재되어 있기 때문이다.

몬스터를 사냥하기 위해 만들어진 것이라 자동으로 중심을 잡게 만드는 것이다.

거기다 사물이 보이면 곧장 캐치해 사고를 방지해 주는 기능까지 있는 최신형이라 아무렇게나 몰아도 넘어지거나 부딪치는 일은 없었다.

물론 전투 때는 다양한 장애물이 있기 때문에 끌 수도

있었지만 몬스터가 없는 곳에서 켜 두면 꽤 괜찮았다.

그래도 기계가 만능은 아니라서 만일에 대비해 헬멧을 쓰는 건 잊지 않았다.

후우웅!

시속 100킬로미터를 3초 만에 우습게 넘어 버리는 오토바이.

당연한 말이지만 몬스터 헌터는 수정체로 움직인다.

주위의 풍경이 파노라마처럼 스쳐 지나갔다.

재현은 어느새 몬스터 헌터의 스피드를 즐길 정도가 되었다.

속도 제한 때문에 이 이상 못 내고 있지만 그래도 짜릿한 기분이었다.

[어때? 탈 만해?]

조환성이 물어 왔다.

"짜릿한데요?"

그들은 송수신기를 귀에 부착하고 타고 있었다.

속도를 내다 보면 타인의 목소리를 듣기 어렵기 때문이다.

[처음에는 솔직히 겁났는데 막상 타 보니 별것 아니네요.]

사토도 어느새 속도를 즐기며 몬스터 헌터를 몰고 있었다.

[지금은 그냥 탈 수 있겠지만, 인공지능을 꺼 두고 타는 걸 연습해야 돼. 몬스터들을 사냥할 때 그게 방해가 되거

든. 내일 실제로 무기를 써 보는 연습도 같이 하겠지만 미리 해 둬서 나쁠 건 없지.]

[네. 연습할 때 좀 도와주세요.]

[얼마든지.]

"아, 저도요."

재현도 혹시 모르니 사토와 함께 연습하기로 했다.

오토바이를 타 본 적이 있어도 감이 아직도 남아 있으리란 법이 없으니까.

그래도 타 본 적이 있어 감은 금방 찾겠지만, 몬스터를 사냥할 때는 꺼 둬야 한다.

무엇보다 지금 쌩쌩 달리면서 조작법을 익히고는 있지만 어떤 버튼이 어떤 기능을 하는지 외웠을 뿐이다.

[광장까지 얼마 안 남았다. 늦는 사람이 오늘 저녁 술 사기다!]

그러더니 순식간에 속도를 높여 앞서가는 조환성.

아일린은 미리 예상을 한 것처럼 바로 속력을 높여 그 뒤를 따랐다.

"우와, 치사해!"

"재현이 형, 같이 가요!"

멍하니 있던 재현과 사토는 뒤늦게 속력을 냈다.

그리고 이튿날이 되었다.

레이드 공격대는 프리토리아에서 나와 남아프리카 공화국의 최전방 지역으로 향했다.

비행기를 타고, 수많은 장비들을 수송하는 작업은 순식간에 이루어졌고, 곧 몬스터 위험 구역까지 올 수 있었다.

후방에서 지원을 하는 헌터들도 함께 있었다.

재현은 주위 풍경을 보고 뭔가 이상하다는 듯 고개를 갸웃거렸다.

몬스터가 오는 것이 아니라 풍경에 이질감이 들었다.

그는 곧 그 이유를 알 수 있었다.

"지평선이 보여서구나."

사방을 둘러보았는데 산이 전혀 보이지 않았다.

한국에서는 보기 힘든 지평선이었다. 해외에 나와 이렇게 보니 감회가 새로웠다.

당연한 얘기지만, 아프리카는 초원이 많다.

나무와 풀이 듬성듬성 자라 있어 땅 자체가 푸르기보다 사막처럼 황량하게 느껴졌다.

몬스터 출몰 전에는 이곳도 자연공원이었다고 한다.

지금은 몬스터들이 완전 점령한 곳으로, 많은 헌터들이 찾는 곳이기도 했다.

조의 리더인 조환성은 이래저래 분주했다.

작은 것부터 큰 것까지 보고하고, 물품을 받아야 했기

때문이다.

그는 어제 잠깐 몬스터 헌터를 타고 나간 것 외에는 휴식도 거의 못 가졌다.

다른 조들은 리더가 돌아오기 무섭게 출발을 시작했다. 반절 이상 빠져나갔을 때 조환성이 가방을 들고 왔다.

"미안. 알아볼 게 있어서 잠깐 시간이 지체됐다. 자, 여기 보급품이다. 유용하게 쓰도록 해."

다들 무슨 품목이 들었는지 가방을 열어 확인했다.

포션, 붕대, 지혈제, 마취제 등 비상 약품이 한가득 들어 있었다.

하루 종일 사냥해도 부족하지 않을 만큼의 양이었다.

조환성은 모두에게 가방을 나눠 주고, 운전대를 잡더니 헬멧을 쓰고 송수신기로 말했다.

[모두 송수신기에 이상 없는지 확인해.]

[이상 없어.]

[저도요.]

재현도 이상이 없다고 알리자, 그가 시동을 걸었다.

[그럼 우리는 서쪽으로 이동한다.]

[아저씨. 그러고 보니 다들 따로 흩어지던데 그냥 사냥하면 되는 거야?]

[응. 얼마 전 다른 쪽에서 보스급 몬스터를 사냥해서 말

이지. 우린 잔당만 처리하는 역할이다.]

아일린이 쯧! 하고 혀를 찼다. 아무래도 보스급 몬스터가 돈이 더 되다 보니 어쩔 수 없는 것이다.

[돌아다니다가 몬스터가 보이면 사냥만 하면 되니까 그냥 몸풀기 정도로 생각하자고.]

부릉부릉!

곧 출발하겠는 신호다.

[지금은 괜찮겠지만 몬스터가 보이는 즉시 안전 모드 설정 끄는 것 잊지 말도록. 자, 그럼 출발!]

조환성이 먼저 출발하고, 아일린이 재현과 사토를 바라보았다.

[재현하고 사토. 뒤처지지 않게 따라와!]

그녀도 그의 뒤를 따라 일정 거리를 유지하며 몬스터 헌터를 몰았다. 재현과 사토도 기어를 넣고 그들의 뒤를 따랐다.

* * *

그렇게 약 한 시간쯤 초원을 달리자 드디어 몬스터들이 보였다.

워낙 빠른 속도로 초원을 가로지르고 있어 킵보이를 볼

시간이 없었다.

1~2초 만에 30미터를 우습게 통과해 버리니 육안으로 보는 것이 몬스터를 더 빨리 발견할 수 있었다.

[700미터 앞, 몬스터 네 마리. 아니, 여섯 마리 발견! 고작 D급 몬스터다. 속도 줄이고 포위한다. 재현은 나를 따르고, 사토는 아일린을 따라가!]

무엇보다 이곳이 초원이기 때문에 육안으로 발견하기 쉬웠다.

조환성이 각자에게 위치를 정해 주며 일사불란하게 지휘했다.

재현은 그의 새로운 모습에 신기한 듯 바라보았다.

평소에도 지휘를 하긴 하지만 이렇게 일사불란하게 하는 경우는 본 적이 없었다.

무엇보다 모두가 알아듣기 쉽게 지휘를 잘했다.

재현은 그의 뒤를 따라갔다.

조환성은 왼쪽으로, 아일린은 오른쪽으로 이동해 몬스터들을 포위했다.

그들은 몬스터의 주위를 돌며 녀석들이 도망치지 못하게 퇴로를 차단했다.

사자와 호랑이 사이에서 태어난 라이거와 흡사한 모습의 몬스터였다. 다만 덩치가 엄청 컸다.

동물원에서 본 호랑이의 두 배는 되어 보인다.

'근데 저 하얗고 작은 몬스터는 뭐지?'

한국의 몬스터도 다 알지 못하는데 아프리카에 처음 온 재현이 알 리 없다.

일단 재현은 레이저를 쏴 녀석들의 정보를 확인했다.

이름: 모락크

종류: 고양잇과

등급: C+

-초원에 주로 발견되는 고양잇과 몬스터이다. 초원의 왕이란 별명을 가지고 있으며 질긴 가죽과 뾰족한 이빨은 초원의 포식자로 군림할 수 있는 원동력이다. 순간적인 기동성도 뛰어나 도망치는 사냥감을 쉽게 잡아 낸다. 사냥 외에는 무리와 함께 뭉쳐 이동하며 가족과 함께 다니는 경우가 많다. 수컷은 갈기가 있고, 암컷은 없다.

(Tip. 단거리에서는 빠르지만 장거리는 매우 취약하다.)

이름: 모락크 새끼

종류: 고양잇과

등급: D-

-초원에 주로 발견되는 고양잇과 몬스터이다. 모락크

새끼의 특징이라고 한다면 하얀 털이다. 부드럽고 털이 곱다. 작고, 귀엽지만 초원의 왕의 새끼답게 어지간한 몬스터들도 함부로 덤비지 못한다. 1년 만에 호랑이만큼 덩치가 커지며 2년이면 완전히 성장한다. (Tip. 부모를 잃으면 무방비 상태가 되기 때문에 부모를 먼저 잡으면 사냥하기 쉬워진다.)

털색이 다르기에 다른 몬스터인줄 알았더니 똑같은 모락크였다.

녀석들은 한 가족이 모인 것 같았다.

[운이 좋네. 벌써 다른 회사에서 원정을 왔던 지역인데 모락크를 보다니. 거기다 여섯 마리야. 저 녀석 발톱하고 이빨, 가죽은 아프리카에서도 꽤 비싸게 팔리잖아.]

아일린이 조금 격앙된 목소리를 전해 왔다. 목소리가 격앙된 건 그녀만이 아니었다.

[그러니까 최대한 가죽 상하지 않게 조심해서 공격해야지. 다른 녀석들이 가로채기 전에 우리가 먼저 잡아 버리자.]

[환성이 형, 새끼는 어떻게 해요?]

[부모만 잡으면 나머지는 쉬워. 아일린. 프리즘 스네이크의 독 챙겨 왔지?]

[당연한 말씀을. 마침 재고가 딱 두 병 있어서 내가 바로

사 버렸지.]

[역시. 준비성 하나는 철저하다니까.]

[대신 내가 쓴 독으로 잡은 녀석은 내가 돈 더 받을 거야. 지분의 50퍼센트는 내 거야. 나머지 50퍼센트는 셋이서 알아서 찢어서 가져. 이 독 한 병에 천만 원이니까.]

몬스터 헌터 우측에 매달았던 총기를 꺼내 녀석들에게 겨누었다.

그녀는 조준할 때 방해되는 헬멧을 벗어 보관함에 넣었다.

아일린은 헬멧 안에 선글라스까지 착용했다.

그녀가 이번에 쏘는 것은 마취 총이다.

프리즘 스네이크라는 몬스터가 있는데 주로 추운 지방에 서식하는 녀석이다.

녀석들의 독은 코끼리도 바로 마취시킬 수 있을 정도로 매우 강했다.

저항력이 없는 인간에게는 매우 치명적이어서 죽는 게 대부분이다.

B급 몬스터들은 가죽이 두껍고 덩치도 커서 잘 안 통할 때가 많지만, 제대로 맞추기만 하면 1분 안으로 독에 중독시킬 수 있었다.

당연히 헌터들 사이에는 인기 품목이고, 재고가 많지 않은 것이다.

이건 회사에서 보급으로 준 게 아니라, 아일린이 사비로 사들인 것이었다.

퓻!

그녀가 어미에게 마취 총을 겨누고 방아쇠를 당겼다. 바람 소리와 함께 마취 침이 어미에게 거침없이 날아갔다.

바람의 영향 때문인지 침이 어미의 몸에 꽂히지 않았다.

[빗나갔어?]

[아니, 스쳤어. 그래도 독이 체내로 침투한 것 같아. 곧 쓰러질 거야.]

스치면 조금 반응은 느리지만 어쨌든 마비시킬 수는 있어 별다른 걱정을 하지 않았다.

그녀의 말대로 정말 어미가 비틀비틀거리더니 육중한 소리와 함께 옆으로 쓰러졌다.

새끼들이 옆에서 울부짖었지만, 어미는 숨만 쉴 수 있을 뿐 아무것도 못 했다.

"크아아아앙!"

자기 아내가 당한 것에 분노한 수컷이 입을 커다랗게 벌리며 그들을 위협하며 달려들려고 했다.

하지만, 몬스터 헌터는 기동성에 매우 특화된 오토바이이다.

수류탄과 점착 폭탄, 기관총탄을 가득 채워 무거워져도

산악을 가뿐히 오를 수 있을 만큼 강력한 마력을 가지고 있다.

그 때문에 녀석이 접근도 하기 전에 다들 옆으로 피해 녀석의 공격 범위에서 벗어났다. 아일린은 마취 총을 한 발 더 장전 후, 녀석에게 겨눴다. 조환성이 이를 보고 말렸다.

[아일린. 수컷까지 잡는 건 좀 아닌 것 같다. 너 혼자 지분 다 챙겨 가려고?]

[그래, 솔직히 이건 좀 아니다 싶긴 했어. 양보하지. 재현이가 잡아. 대신 가죽 상하지 않게 조심해.]

조환성과 아일린이 평소 장난치거나 눈에 불똥을 튀겨도 전투 때는 진지하게 임했다. 또한 서로 배려할 줄도 알았다.

재현은 정령들을 소환했다. 운다인은 소환되기 무섭게 재빨리 수분을 모았다. 재현은 충분한 수분이 모이자 소리쳤다.

"운다인, 레인샤워!"

녀석에게만 폭포물이 쏟아지듯 비가 쏟아졌다.

녀석의 찰랑거리던 갈기가 물에 젖어 축 늘어졌다. 하지만 이건 시작에 불과했다.

운다인은 쏟아 내는 물을 멈추지 않았다.

"노움, 한곳에 집중된 물로 늪을 만들어!"

재현이 노린 것은 바로 이것. 수중감옥으로 녀석을 익사시킬 수 없으면 늪에 빠져 죽이는 방법을 택했다.

녀석의 발밑이 푹 빠졌다.

녀석의 머리 위로 거침없이 쏟아지던 물이 멎었다.

늪이 완성이 되었다.

녀석이 빠져나오려고 발을 들었다.

급조해서 만든 것이라 녀석이 힘을 주자 조금씩 앞으로 이동했다.

이대로 빠져나오게 놔둘 재현이 아니다.

"썬더러, 라이트닝 차징."

번쩍!

한 줄기의 빛이 가로지름과 동시에 녀석이 아가리를 벌리며 크게 울었다.

잠깐 움직임이 멈췄을 뿐, 녀석은 여전히 으르렁거리며 늪에서 빠져나오려고 안간힘을 썼다.

"메타리엔, 사철을 모아 철괴를 만들어서 녀석을 아래로 눌러 버려."

메타리엔은 즉시 재현의 지시에 따라 사철을 모아 괴를 만들었다.

순식간에 대량의 철괴가 만들어지고, 그것이 뭉쳐, 녀석의 몸을 강하게 눌렀다.

빠져나오려고 했던 녀석은 그 무게에 이기지 못하고 온몸이 늪에 잠겨 버렸다.

이로써 사냥은 끝이었다.

조환성은 천천히 속도를 줄여 몬스터 헌터를 세우고 새끼들의 배에 칼을 쑤셔 넣었다.

깨갱 같은 소리와 함께 새끼의 몸이 축 늘어졌다.

다른 새끼들은 으르렁거리며 짖었지만 다 소용없는 일이었다.

모락크 새끼들은 부모가 없으면 아무것도 못 하는 손쉬운 사냥감이다.

조환성은 아주 손쉽게 다른 세 마리도 마저 침묵시켰다.

아직 마비가 풀리려면 한참 남았겠지만 혹시 모르니 어미 모락크에게서 어느 정도 거리를 벌렸다.

예전에 다 죽어 가던 블레이드 퓨마에게 죽을 뻔한 이후 다시 초심으로 돌아온 조환성이었다.

재현은 어미의 코와 입에 수중감옥을 만들어 익사시키는 쪽으로 했다.

"이야, 사냥 참 쉽게 끝냈는데? 재현이 덕분에 힘도 덜 들었고."

다들 힘을 적게 들인 건 사실이지만, 정작 재현은 힘을 엄청 소모했다.

"이게 쉬워 보이지만 힘을 꽤 쓰는 기술이에요."

물을 쏟아 내거나 땅 자체를 어떻게 하는 건 아무렇지 않지만, 늪을 만드는 것에서 꽤 많은 정령력이 들었다.

오늘 처음으로 실험해 본 것이다.

확실히 효과는 괜찮아 보이지만 비효율적인 면이 컸다.

늪을 만드는 것까지는 좋았다.

다만 이걸 또다시 원래대로 돌려놓아야 한다는 게 최대 단점이다.

몬스터들만 걸리면 상관없지만 사람들이 모르고 지나가다가 빠지면 곤란한 상황에 놓이게 될 것이다.

차라리 이 정령력으로 함정을 파는 게 훨씬 낫다는 생각이 들었다.

어미도 이제 완전히 침묵하자, 재현은 수중감옥을 그만두었다. 이제 이걸 옮기는 일만 남았다.

"그런데 트럭도 없는데 이 덩치들을 어떻게 옮기죠?"

새끼들은 태어난 지 얼마 되지 않아 덩치가 큰 편이 아니라 충분히 태워 실을 수 있을 것이다.

하지만 어미와 아비 모락크는 아니었다.

"아, 걱정 마. 이 초원 곳곳에 운반업자들이 있으니까. 그 사람들에게 부탁해서 보관하면 돼. 새끼는 많이 성장한 편이 아니니 100랜드, 이 큰 녀석들은 200랜드 정도 지불해야겠지만."

부모 모락크 400랜드, 새끼가 네 마리니 400랜드.

총 800랜드 정도를 지불해야 한다.

800랜드면 현 환율로 7만 원이 조금 넘는 돈이다.

물가가 싼 편이라고 하지만 몬스터와 직결되면 역시 비쌀 수밖에 없는 것 같았다. 그때 사토가 물어보았다.

"그냥 먹고 날면요?"

"그럴 가능성이 아주 없는 건 아니지만, 그러니까 남아공 정부에서 운영하는 걸 이용하지. 민간에서 운영하는 것보다 비싸지만 사기당할 확률도 적고, 그쪽에서 잃어버리면 배상도 확실히 해 주니까."

여러 가지로 돈 벌기를 추진하는 모양이다.

옮겨 주고, 보관해 주는 것만으로 외화벌이도 꽤 될 테니 남아프리카 공화국 정부에서도 적극적으로 하는 것 같았다.

"참고로 나중에 이 비용은 회사에서 대주니까 걱정 말고. 우린 일루전 컴퍼니의 이름으로 돈을 달기만 하면 돼."

회사에서 대준다면야 그들은 걱정할 필요가 없었다.

"아일린, 부탁한다."

"알았어. 이런 건 꼭 나한테 부탁하더라."

아일린이 불평을 하면서도 휴대폰을 꺼내 어디론가 전화를 건다.

남아프리카 공화국의 언어는 영어, 아프리칸스어, 줄루어다.

해외에서 원정 나온 헌터들 때문에 영어로 대화하는 경우가 많다.

상대 쪽에서 전화를 받은 모양인지, 아일린이 영어로 뭐라뭐라 말했다.

영어를 못하는 조환성과 사토, 재현.

재현의 경우 아예 못하지는 않지만 그렇다고 썩 잘하는 편도 아니었다.

솔직히 간당간당하게 알아들을 정도다.

알아들어도 막상 말을 어떻게 해야 할지 감을 못 잡는 그런 경우가 많다.

대충 알아들은 말로는 몬스터를 잡았으니 좀 옮겨 달라는 그런 내용이다. 도중에 지도를 본 것을 보니 좌표를 말해 준 것 같다.

"끝났어."

"엄청 믿음직스럽구만."

"이럴 때나 믿음직스럽지? 내가 알려 준 영어는 왜 안 쓰는 거야?"

아일린은 당연히 그에게 영어를 알려 주었다.

옆에서 영어를 못 알아듣고 말도 못하니 간단한 단어와 실생활에서 써먹을 수 있는 것을 알려 줬는데도 이런다.

"영어 울렁증 때문에."

사토와 재현도 공감한다는 듯 고개를 끄덕였다.

저 느낌 이해하는 듯 다들 고개를 끄덕이자 한심한 사람들을 보듯 한숨을 내쉬는 아일린이다.

"브라질은 좋겠네. 해외에 나와서 영어 쓰는 것에 걱정 없을 거 아냐."

"갑자기 그건 왜?"

"미국이 붙어 있으니까 영어 쓸 수 있는 거 아냐."

그 말에 아일린이 황당한 표정을 지었다.

"그렇게 따지면 한국이 중국하고 일본이 옆에 있다고 서로 알아듣고 말해? 중국은 꽤 여러 나라와 국경을 가지고 있는데 다 말할 수 있는 것도 아니잖아. 나도 똑같이 배운 거 써먹는 거야. 거기다 브라질은 포르투갈어를 쓰거든?"

"포르투갈어? 브라질어가 따로 없어?"

"지금껏 나랑 같이 일하면서 몰랐어? 브라질에 아주 관심도 없었구만. 브라질어 없어."

브라질에 이렇게 관심이 없을 줄은 몰랐다.

참고로 사토와 재현도 브라질이 포르투갈어를 쓴다는 걸

처음 알았다.

브라질이 과거에 포르투갈의 식민지였다는 새로운 지식을 알 수 있었다.

"어휴. 어쨌든 영어는 틈틈이 공부하고 연습해. 내가 회화 상대해 줄 테니까. 해외에서 영어라도 쓸 줄 알아야지. 안 그래?"

"공짜 과외라. 좋네."

"아, 물론 돈은 받을 거야. 과외 형식으로 하면…… 한 달에 15만 원 어때? 나쁘지 않지?"

그렇게 또 잠깐의 여유가 생기자 또다시 실랑이를 하는 조환성과 아일린이었다.

15만 원이면 엄청 싼 편이지만, 조환성이 동료끼리 쩨쩨하게 돈 받느냐며 항의했다.

아일린은 그럼 더 비싼 과외비 내고 배우라며 일축했다.

솔직히 영어를 배워 둬서 나쁠 건 없었다.

오히려 해외에 나오면 도움이 될 것이다.

그렇게 서로 옥신각신하고 있을 때, 몬스터 헌터에서 비상음이 울리기 시작했다.

긴급 호출이었다. 사토가 호출 수신 버튼을 눌렀다.

[현재 5조에서 숨겨진 던전을 발견! 보스급 몬스터가 있는 것으로 추정. 한 명 중상, 생명이 위독하다! 지금 당장

응급실로 이동해야 한다! 헌터들은 찍어 둔 좌표로 집합하길 바람!]

[1조, 현재 좌표로 이동 중이다!]

[4조, 사냥을 중지하고 곧장 가겠다! 조금만 버텨라!]

여기저기서 무전이 뒤섞였다. 곧 5조가 있는 좌표가 나타났다.

이곳에서 거리가 좀 되는 곳이었다.

"몬스터는 운반업자들에게 맡기고 얼른 탑승해!"

조환성의 외침과 함께 그들이 서둘러 몬스터 헌터에 탑승했다.

"3조, 지금 바로 이동하겠다!"

조환성이 소리치며 즉시 시동을 걸어 이동한다.

그들도 그의 뒤를 따랐다.

그들은 이동 중 보이는 몬스터들을 무시하며, 5조가 있는 곳을 향해 최대한 직선거리로 질주했다.

〈다음 권에 계속〉